Diário de um magro 2

a volta ao spa

OBJETIVA

Diário de

MARIO PRATA

um magro 2

a volta ao spa

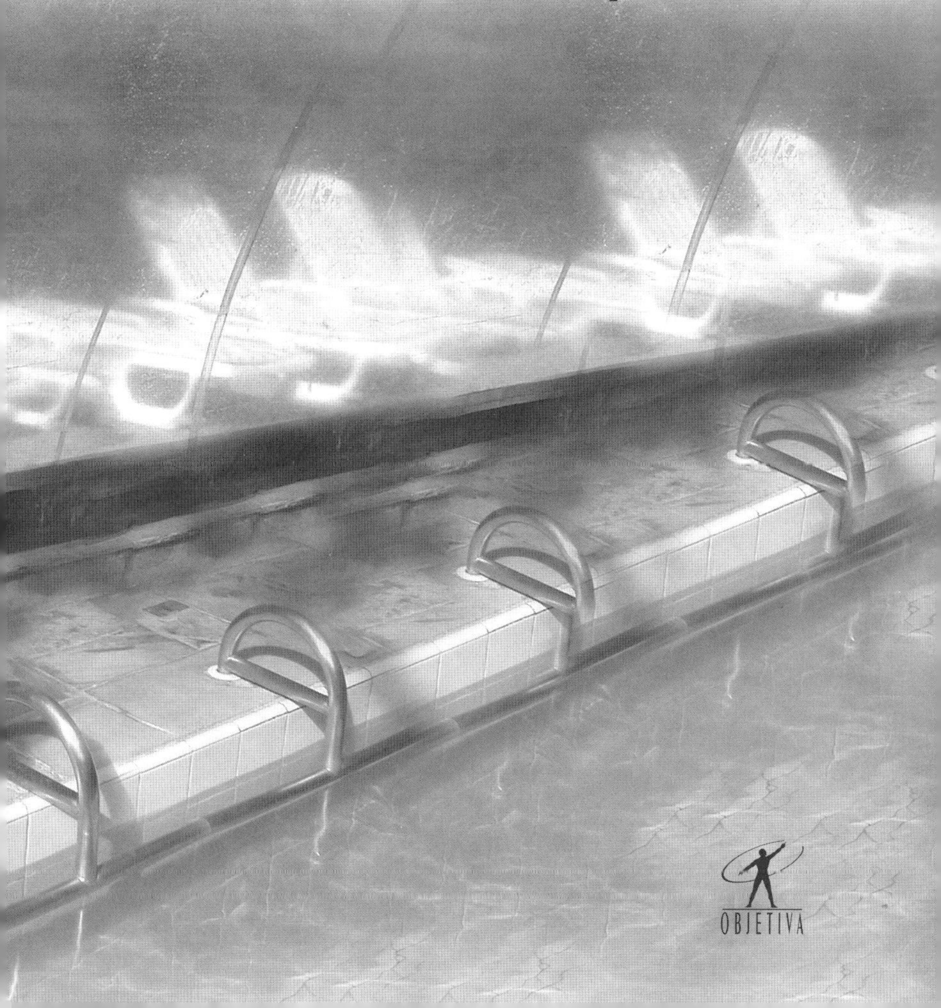

OBJETIVA

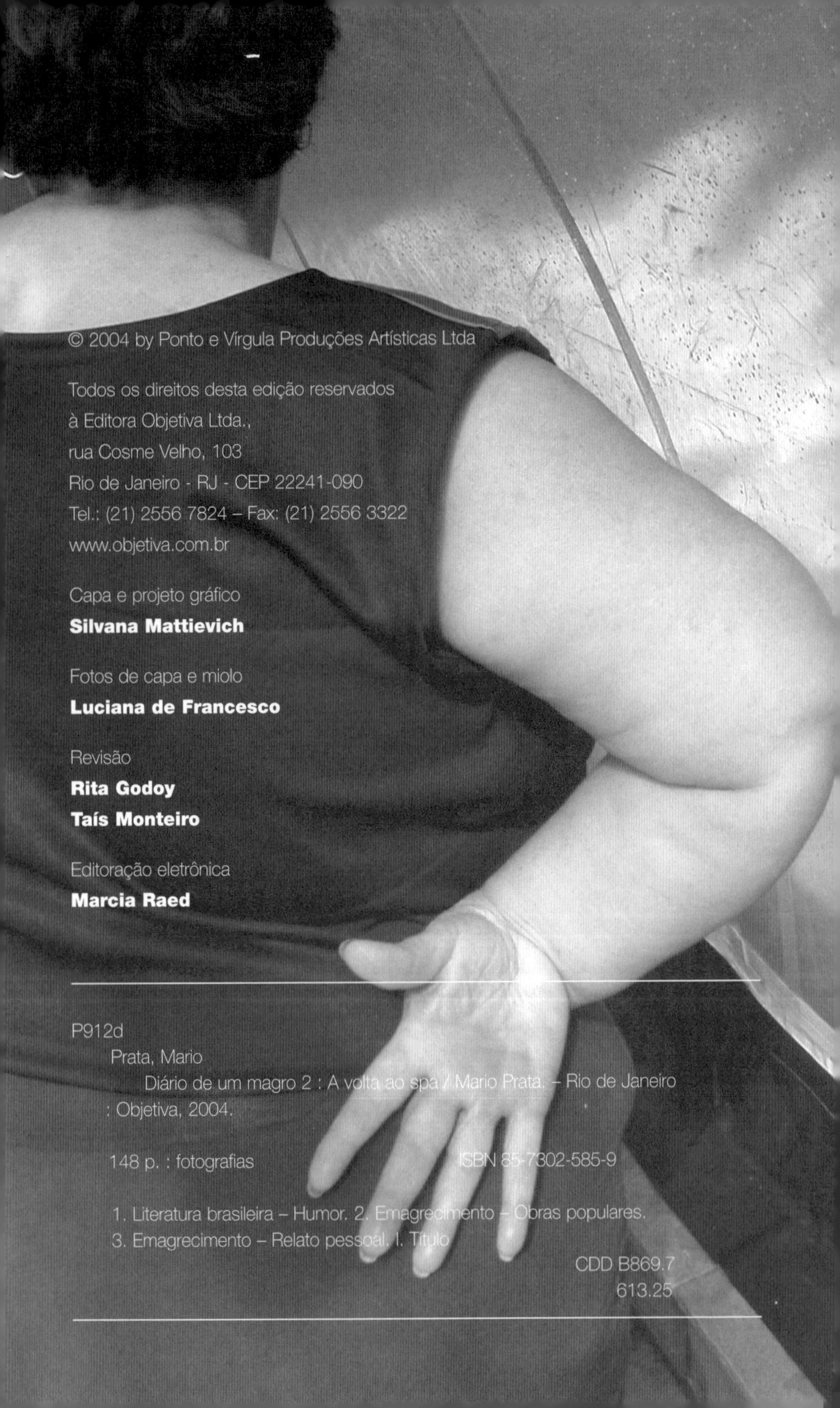

rua Cosme Velho, 103
Rio de Janeiro - RJ - CEP 22241-090
Tel.: (21) 2556 7824 – Fax: (21) 2556 3322
www.objetiva.com.br

Capa e projeto gráfico
Silvana Mattievich

Fotos de capa e miolo
Luciana de Francesco

Revisão
Rita Godoy
Taís Monteiro

Editoração eletrônica
Marcia Raed

P912d
Prata, Mario
Diário de um magro 2 : A volta ao spa / Mario Prata. – Rio de Janeiro
: Objetiva, 2004.

148 p. : fotografias ISBN 85-7302-585-9

1. Literatura brasileira – Humor. 2. Emagrecimento – Obras populares.
3. Emagrecimento – Relato pessoal. I. Título

CDD B869.7
613.25

Chicletes sem bananas

A dona Sônia estava de olho na Lisbeth não era de hoje. Agora, ali, assistindo a uma palestra sobre acupuntura, teve certeza. A Lisbeth, 15 anos, estava mascando — disfarçadamente — um chiclete, coisa proibidíssima por aqui. Chegou no ouvido e perguntou onde ela havia descolado tal preciosidade. E, pasma, ouviu a resposta:

— Tá rodando há uns cinco dias por aí. Quer ficar com ele amanhã?

É, eu estava de novo no spa.

O padre e a moça

O que faz aquele padre (de Belo Horizonte, 78 anos), aquela modelo e atriz (de São Paulo, 26 anos), aquele senador (de Brasília, 68 anos) e aquele pentelhinho do interior de São Paulo, de 11 anos, juntos naquela mesa do restaurante? E rindo, ainda por cima? Eles não fazem nada. Eles não têm pressa. Não há missa para rezar, não há desfile, não há discurso e não temos aula. Estamos de volta ao spa.

Nestes sete anos que separam o primeiro *Diário de um Magro* deste aqui, muita coisa mudou no spa. Nas pessoas que freqüentam aquele lugar. Nem o padre, nem a modelo, nem o senador e muito menos o garotinho são obesos. O spa deixou de ser apenas um lugar para gordíssimos e gordíssimas.

Mas a disciplina continua a mesma. As histórias, cada vez mais hilárias. Fiquei me segurando, mas não consegui. Resolvi escrever outro livro sobre o mesmo tema.

Naquela mesa você não diria que o padre é padre e muito menos que o senador é senador. O roupão branco que estão usando agora nivela todo mundo aqui dentro. Mais ou menos como o *short* na praia. E se come e se bebe da mesma comida e bebida. Entre 300 e 1.200 calorias por dia. E eles estão rindo.

Spa vicia! Tem gente que já veio para cá mais de 20 vezes. Algumas, 40. Sem contar com seu Expedito que mora em spas por este Brasil afora há 19 anos, com rápidas passagens por São Paulo para ir ver os cavalinhos correrem no Jockey. Tem gente que engorda só para a esposa "exigir" que ele passe 15 dias no spa.

Descobri ontem, numa revista inglesa, que o Brasil e a Argentina são os únicos países do mundo onde a obesidade é maior entre os homens. Donde chego à conclusão que as mulheres são mais vaidosas. Pra cada homem aqui, tem cinco mulheres. Se formos considerar por peso, eu diria que para cada homem temos umas dez mulheres.

O spa virou uma concentração de tipos brasileiros. Aqui se juntam gaúchos e maranhenses. Até um índio já passou por aqui, o que vem provar que o estresse já chegou à taba. Americanos e portugueses falam a mesma língua calórica.

O homem é mesmo um animal sábio. Inventou a loucura da cidade grande só para poder criar um lugar como o spa. O que mais me impressionou desta vez foi a fisionomia das pessoas ao chegarem e quando vão embora. Não são só quilos e quilos que se perdem no spa. Tenho a impressão de que se perde toda aquela parte do cérebro cheia de problemas. Uma lavagem.

E ganha-se. Lembra o que é auto-estima? Pois. As pessoas saem daqui se gostando mais, quase bailando.

Falando tudo isto, você vai achar que aqui só tem gente maravilhosa, pra cima e tal. Não. Tem muito louco, também. E médico. Como se diz que todos nós temos um pouco de médico e de doido, o equilíbrio aqui fica perfeito.

O que eu sei é que as pessoas aqui dentro fazem coisas que jamais poderiam supor fazer "lá fora". Principalmente gostar de viver. E comer rigorosamente no horário:

Café da manhã: das 7:30 às 8:30
Colação: das 10:00 às 11:00
Almoço: das 12:00 às 13:30
Lanche: das 15:00 às 16:00
Jantar: das 18:30 às 20:00
Ceia: das 21:00 às 22:00

Portanto, se somarmos tudo, temos seis "refeições" por dia, incluindo a ceia: três bagos de uva. Tudo isto junto dá 600 calorias. E as pessoas morrem de rir. Você deve estar se perguntando o que é colação. Pois eu também não sabia. Significa "refeição ligeira". Realmente não se demora muito para comer aquela gelatina *diet*.

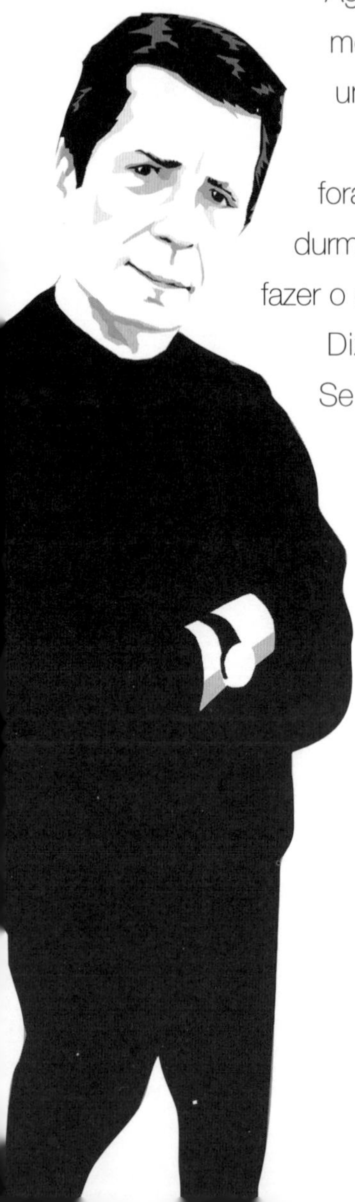

Agora o padre está falando no ouvido da modelo. Ela morre de rir. O padre contou uma piada para ela:

"As duas freirinhas acabaram de orar e foram se recolher para dormir. Uma diz: durma com Deus. No que a outra responde: fazer o quê, né?"

Dizem por aqui que rir emagrece. Se você for magro como o autor, cuidado.

O papagaio

Ia começar dizendo que a dona Roseti é gordinha, mas não farei isso. Primeiro, porque ela faz parte das famosas "meia-gordinhas", que estão alguns quilogramas distantes de uma gordinha. E arrobas, da gorda. Além do mais, iria ficar chateada comigo.

Não a conhecia até que desci para a Estética.[1]

Ali, na sala de espera, é que se sabe tudo o que rola pelo spa. Deve ser como num cabeleireiro. Quem é quem, quem com quem. Eu estava ali a fim de fazer os pés, prática que adquiri na minha primeira vinda ao spa

---

1 Estética: parte da filosofia voltada para a reflexão a respeito da beleza sensível e do fenômeno artístico; segundo o criador do termo, o filósofo alemão Alexander Baumgarten (1714-1762), ciência das faculdades sensitivas humanas, investigadas em sua função cognitiva particular, cuja perfeição consiste na captação da beleza e das formas artísticas; no kantismo, estudo dos juízos por meio dos quais os seres humanos afirmam que determinado objeto artístico ou natural desperta universalmente um sentimento de beleza ou sublimidade; no hegelianismo, estudo da beleza artística, que apresenta em imagens sensoriais, ou representações sensíveis, a verdade do espírito, do princípio divino, ou da idéia; harmonia das formas e/ou das cores; beleza; ramo ou atividade profissional que tem por fim corrigir problemas cutâneos, capilares etc., assim como conservar ou dar mais viço à beleza física de uma pessoa, por meio de tratamentos especiais (p.ex., limpeza de pele, emagrecimento etc.); aparência física; plástica (quando meu pai soube da coisa e confessou que fazia o mesmo toda semana, relaxei os dedos).

Quando cheguei, a dona Roseti, paulistana, entre 50 e 60 anos (é dificílimo acertar a idade de uma meia-gordinha), já estava ali aguardando por uma massagem oriental. No seu ombro, uma calopsita. Não, meu anjo, calopsita não é quem tira calo, na estética. É aquele papagaio branco, pequeno. Tem gente que chama o bicho de cacatua. Pois a calopsita, mascote do local, passeava pelo rechonchudo ombro da dona Roseti. Ela cacatuava alguma coisa no ouvido do animalzinho. Puxei assunto:

– Ele fala?

– Tou tentando ensinar, mas nada.

E desandou a falar:

– E pensar que eu vim pra cá por causa de um. Um papagaio. Moramos nós dois sozinhos em São Paulo. Um apartamento imenso. Só nós dois e a empregada. E ele fica o dia inteiro me chamando: mãe!, mãe! E eu vou correndo, porque o apartamento é muito grande e, se eu demoro pra chegar, sabe o que ele fica gritando para todo o prédio ouvir? Gorda!, gorda!

E ria a minha nova amiga.

– Tava quase matando ele. Mas não adianta, eu ligo para lá para falar com a Dolores – Dolores é a empregada – e ouço ele no ombro dela: gorda!, gorda! Não dá vontade de matar? Agora eu estou tentando fazer esse aqui aprender alguma coisa, mas tá uma luta.

Fui fazer o meu pé, quando voltei, passei por ali e ouvi o que ela estava ensinando ao papagaio branco: magra!, magra!

Ainda a cacatua

Pois a pequena ave tornou-se mesmo a mascote e ponto de visita dos pacientes aqui no spa. Mas foi só o jornalista Jefferson del Ryos, pela primeira vez por aqui, quem descobriu do que se alimentava a cacatua: uva-passa. Uva-passa!!!

Não deu outra. Todo dia o Jefferson ia até a gaiola do bichinho e ficava lá assobiando, passando a unha na tela e comendo uva-passa. E o pessoal do spa não entendia por quê, de uma hora para a outra, a ave passou a comer tanto e tão rapidamente.

E o Jefferson cada vez mais com *band-aids* nos dedos.

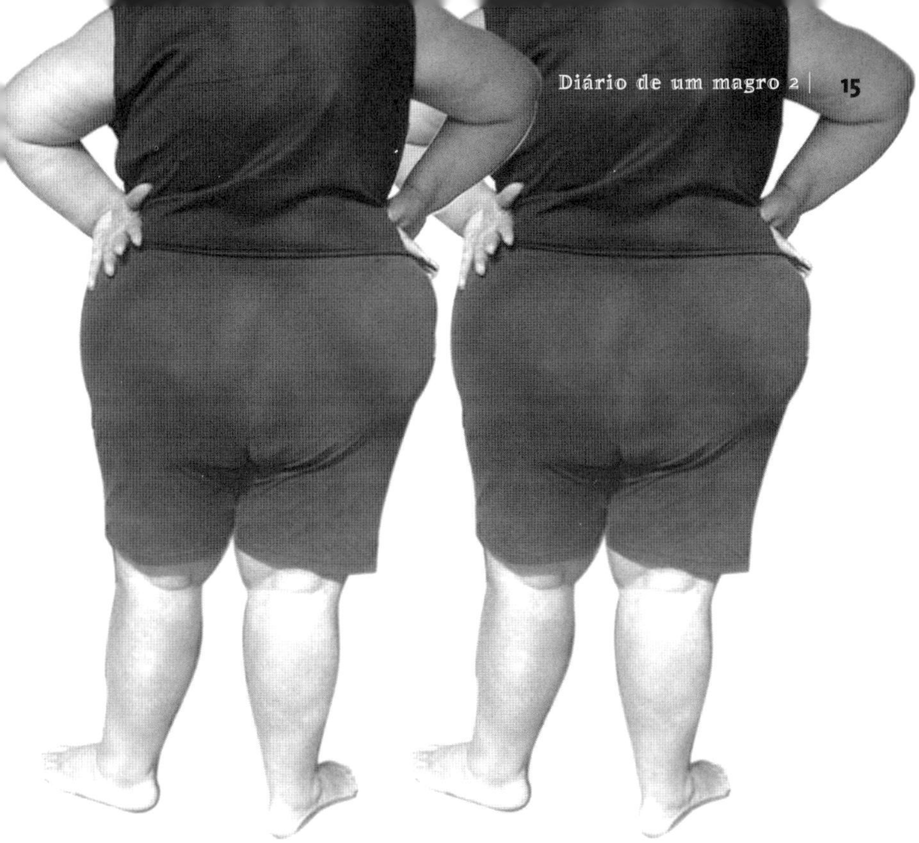

Duas loiríssimas gordotas somem no *shopping center*

Terça-feira é dia de cinema. Fora do spa, no *shopping*. É um programa e tanto. Um ônibus (chamado carinhosamente de transbanha) pega a turma na porta do spa. Os pacientes são contados infinitas vezes. Éramos 13 e íamos assistir a *Casamento Grego*.

No caminho o rapaz da recreação (Gian) vai explicando o que pode (já que nada pode): refrigerante *diet*, água e café com adoçante. Mais absolutamente nada.

A entrada no *shopping* já é um escândalo, porque é um grupo muito homogêneo. Gordas e gordos, gordinhas, gordinhos e eu. Impossível não sermos notados e comentados. Um bando, como alunos com o instrutor na frente, sempre olhando para trás e refazendo a contagem.

Passa-se por um McDonald's, uma quiberia e milhares de pipocas. Babas rolam, sonhos ficam para trás. Na saída do cinema, faltam duas: a Cecília e a Jô, duas respeitáveis senhoras ali dos seus 50 gordinhos anos. Mas alguém logo avisa: vi entrando no banheiro. Estávamos exatamente em frente ao WC F, defronte ao cinema.

E ali ficamos, de olho (apenas de olho) nos pipoqueiros, enquanto as duas faziam alguma coisa lá dentro. Depois de 10 ou 15 minutos, alguém se tocou que era impossível que elas ainda estivessem lá dentro. Montou-se uma comissão feminina (Tânia Sekler e Maura Vidal) para adentrar naquele recinto. Havia algumas portas fechadas. Foram abrindo uma a uma. Voltaram:

– Só tem magra mijando!

Pois é, as duas haviam sumido. E o *shopping* tem três andares e nós estávamos no último. O Gian ficou branco. Perder duas gordinhas num apetitoso *shopping* era demissão na certa. Suava o garoto. Consegui rapidamente imaginar o diálogo dele com a chefia na chegada:

– Mas como, Gian? Como é que se consegue perder duas gordas num *shopping center*? Duas, Gian?

– Achei que elas estavam no banheiro e...

– Ainda por cima duas! Se fosse uma só, mas duas, Gian! Duas gordas a gente vê de longe. Ainda mais oxigenadas daquele jeito.

– Mas é que...

– Se fossem cinco magras, eu entendia. Mas duas gordas, Gian? Não se perdem 180 quilos assim, sem mais nem menos.

A primeira coisa que o Gian fez foi levar todos nós para um ponto intermediário no segundo andar. Ele teria que deixar todo mundo ali para ir procurar as mulheres. Mas abandonar aquele bando ali, sozinho, com aquele cheiro de pipoca e hambúrguer... Me deixou tomando conta do grupo e saiu em disparada pelos três andares.

E os minutos passando. Meia hora depois elas foram encontradas honestamente na porta do *shopping*. Haviam se perdido e foram para perto do transbanha. Inocentemente as duas tomavam coca *diet*. Encontrar as duas foi como ganhar na loteria para o Gian.

Enquanto isso, na cafeteria, todos se comportaram dignamente sob (e sobre) a minha regência una e provisória. Tomaram só café. Com açúcar, é claro, que ninguém é de ferro para perder uma oportunidade dessa.

Mas será o Benedito?

O Benedito Ruy Barbosa é um dos maiores e mais famosos freqüentadores aqui do spa. Mora vizinho, num sítio em Sorocaba.

De saco cheio com as revistas em suas malas toda vez que entrava, um dia disse aos donos:

– Vou entrar aí com duas garrafas de uísque e vocês não vão descobrir. Mas não vou beber. Ao sair, dou uma garrafa para cada um de vocês (Sérgio, médico do pulmão, e Francisco, administrador geral).

– Quer tentar, tente. Mas não vai conseguir.

Dois dias depois, o Benedito se instala aqui com a sua Blazer, que foi revistada até por baixo. Reviraram as malas dele. Nada. A roupa, nada. Os donos sorriram. Todo dia mexiam no armário dele, nas suas roupas. "Sei que andam bulindo no meu apartamento. Sei, pela posição das cuecas. Mas eles não vão achar nunca. Duas garrafas!"

Mas o Benedito sorria mais. Logo correu o boato de que ele tinha duas garrafas de uísque (e do bom) dentro do *spa*. Imediatamente três etílicos pacientes começaram a cercar o homem: Fernando Morais, Reinaldo Moraes e este que vos fala. Na calada da noite, levamos o Benedito para o apartamento do Fernando.

– Trouxe?

– Claro. Está dentro do spa.

Os três ali, na maior secura.

– Vai liberar, não?

– Não. É só para provar que eu conseguia.

Silêncio, os três se entreolham. Sabem que o Benedito também é chegado ao uisquinho. Fernando discursa como se pedisse votos:

– Benê, dá para provar só com uma garrafa. Libera a outra, a gente mata hoje mesmo e enterra a garrafa ali atrás. Estamos a seco, Benê. Uma só. Depois você fala que só trouxe uma.

Reinaldo:

– Só libera onde está. O local...

O Benedito pensa, abre o jogo:

– Na Blazer, onde se coloca o estepe, tem um espaço por cima. E para abrir aquilo lá precisa desta manivela aqui. Eles não vão achar nunca.

Peguei a manivela e fiquei analisando. O Fernando fazia sinal para eu me mandar com a manivela. Era quase meia-noite. O carro estava no estacionamento.

– É só chegar rastejando debaixo do carro, Benê – sugeriu o Reinaldo.

– Pensa bem, Benê, um uisquinho agora, só com gelo. Trouxe um amendoinzinho não?

Confesso que o Benedito titubeou. Todos olhando para a cara dele. Momentos de tensão. Quatro adultos bolando como roubar o pudim na geladeira da tia.

– Hein, Benedito? Uma só. Tem duas, deixa uma.

Benedito andava pela sala.

– Não, definitivamente, não!

Pegou a manivela e se mandou. Abrimos quatro garrafas de água. Com gás, é claro.

Passamos dez dias cantando o homem. Nada.

No dia de ir embora, lá foi o Benedito com a manivela pegar as garrafas. Ficou branco, não estavam lá! Nós três estávamos ao seu lado, na possibilidade dele liberar uma.

Ele nos lançou um olhar, desconfiando dos três. Quem mais? E cada um de nós olhou para cada um, achando que alguém havia bebido as duas sozinho. Quem havia bebido escondido? O clima ficou péssimo. Todo mundo desconfiando de todo mundo. Nós, inclusive, que o Benedito não havia trazido nada.

Mas eis que chega o Francisco, diretor do spa, com as duas garrafas na mão.

– Estão procurando isto?

O Benedito olhou para as garrafas, para a manivela. Para as garrafas, para a manivela.

São os mistérios gozosos (e gostosos) de um spa...

Orégano

Uma meia-gordinha instruindo uma recém-chegada, para não passar fome durante a noite:

– Antes de dormir, tome uma garrafa inteira de água com gás. Aquilo vai te dilatar o estômago durante toda a madrugada. Outra coisa, mais importante ainda. Na hora da ceia, coma alguma coisa que tenha orégano. Vá dormir sem escovar os dentes. Se acordar de noite, dá uma chupada de pressão nos dentes. Algum pedacinho de orégano vai aparecer. A sensação é de estar comendo uma *pizza* enorme. Vai por mim!

O xixi
(projeto para curta-metragem)

Protagonistas:

Júnia, 12 anos, e seu irmão

Júnior, 10 anos

Riquinhos e mimados paranaenses. No fundo, dois escrotinhos. Mas, como todo bom filho-da-putinha, cativantes.

Dona Aspásia, gordona de 60 anos, paraguaia, inimiga pública número um dos garotos e vice-versa. O que eles aprontam com ela não está no gibi (para usar as palavras dela).

O mínimo que eles fizeram lá em Londrina foi repetir o ano. Uns capetas. Gordinhos, ainda por cima. Castigo, um mês de spa, pra ver se aprendem.

Resumindo, quase destroem o spa inteiro, além dos noturnos assaltos à cozinha.

Uma dupla que só existe para infernizar e debochar dos adultos. E é isso que Júnia e Júnior fazem o dia inteiro.

Mas vamos ao que interessa:

Pacheco, o segurança, ao fazer os testes químicos rotineiros na piscina, descobre que ela está com alto teor de urina. O caso é levado à direção do spa.

Claro que os dois são os principais suspeitos. São levados até a diretoria. Negam. Dona Aspásia faz campanha contra eles. Eles se vingam da velha ranzinza das maneiras mais cômicas possíveis, como elevar a temperatura ou vibração ou choques elétricos das máquinas de massagens, maldosos trotes, etc.

Eles têm que provar que não são eles que estão fazendo xixi na piscina. E não são mesmo!

Um dia eles ouvem, sem serem vistos, no ambulatório, que tem um remédio chamado Piridium que, além de diurético, faz as pessoas urinarem vermelho. Na calada da noite, depois de um bem detalhado plano, furtam todo o estoque de Piridium do ambulatório.

O plano inicial era colocar apenas no suco da dona Aspásia, que no momento está careca, pois queimou todo o cabelo num aparelho de limpeza de pele, inexplicavelmente.

Mas, depois, já que todos suspeitam deles, colocam no café da manhã o remédio, devidamente diluído, nos sucos de todos os internos. Todos. Gordinhos e gordinhas.

O resto você pode imaginar.

A piscina vai ficar linda, cheia de gordinhos e gordinhas com círculos vermelhos em volta da barriga. Círculos e mais círculos. Menos em volta de Júnia e Júnior, é claro.

São todos mandados embora do spa. Ficam apenas os dois, reinando absolutos.

Filé de peixe à parmegiana[2]

Molho de tomate:

1 tomate médio, sem semente e picado

2 colheres (sopa) de ketchup

1 colher (chá) de salsa picada

1/2 colher (chá) de manjericão seco

1/4 de colher (chá) de cebola em pó

1 pitada de alho em pó

1 pitada de orégano

1 pitada de pimenta-do-reino

360g de filé de badejo com cerca de 1,5cm de espessura, dividido em 4 porções

1/4 de xícara de queijo parmesão ralado

Junte todos os ingredientes do molho de tomate no processador de alimentos ou liquidificador. Bata até obter uma mistura homogênea. Despeje numa forma refratária e cozinhe em potência alta por cinco minutos, ou até mesclar os sabores mexendo uma vez.

---

2 Todas as receitas deste livro são da nutricionista Mara Lúcia Estefani dos Santos.

Arranje os filés de peixe sobre a grade para assar. Espalhe o molho de tomate sobre os filés. Cubra com papel-manteiga. Cozinhe em potência alta por quatro a oito minutos, girando a grade uma vez. Deixe descansar, coberto, por três minutos. Salpique o queijo parmesão ralado antes de servir.

Rendimento: 4 porções

Cada porção: 180kcal

A meia-gordinha da Internet

Calma, meu anjo. Não se trata de uma gordinha pela metade. Meia. Nem da meia (aquilo de colocar nos pés) de uma gordinha, portanto, uma meia-gordinha.

Trata-se de você mesma, leitora, navegadora da Internet. Eu sei que você é meia-gordinha e que existe um erro de português aqui. Mas meio gordinha não é o mesmo que meia-gordinha. Que me perdoem os amargos gramáticos, mas gordinha é meia. Meia-gordinha. Meia-gordinha soa melhor, sua menos. Meia-gordinha, como você está, no ponto.

E agora você, me lendo, pergunta: como é que ele sabe que eu sou meia-gordinha? Pesquisa, minha cara meia-gordinha. Nem Bill Gates sabe disso. Mas o Dataprata tem sua pesquisa: 83% das mulheres que desfilam pela Internet são meia-gordinhas. Se você estiver nos 17% das meia-magrinhas, pode parar de ler. Mesmo porque nada ofende mais uma mulher do que ser considerada meia-gordinha, não o sendo.

Pro meu gosto, meia-gordinha é o que há. Aliás, pra todo mundo que eu conheço. Só que ninguém assume:

o brasileiro, influenciado pela moda francesa, quer a magra. Pra pegar onde? Pra segurar o quê? Pra recostar em claviculares saboneteiras? Pois é muito melhor espalhar sabonete pela bundinha de uma meia-gordinha.

Mas não vamos confundir a meia-gordinha com a gordinha. Há celulíticas e celulares diferenças. Em primeiro lugar, a meia-gordinha assume que é meia-gordinha. Enquanto a gordinha faz de tudo para se tornar meia. E sofre com isso. Mesmo porque, quando uma gordinha vira meia, desaba o corpo, enruga o universo.

A meia-gordinha honesta assume. É, antes de tudo, uma forte. Uma fortaleza. Tudo no seu devido lugar. Se ela emagrecer, perde – além de quilos – pontos. Dizem que até abandona a Internet.

Veja, por exemplo, o que diz Matthew Shirts, brasilianista de primeira. Portanto, conhecedor das coisas abaixo do equador e acima da Argentina:

– A meia-gordinha sexualmente realizada é um dos seres mais calmos do planeta.

Sobre a meia-gordinha

"Prezado Mario Prata:

Escrevo-lhe a propósito de sua dúvida sobre a *'meia' gordinha,* expressão criada por você há um tempo atrás, onde, com muito bom humor, tratou do uso do advérbio 'meio' antes de palavra feminina. Peço que avalie as seguintes ponderações:

PRIMEIRA: A rigor, o que você chamou de 'erro de português' é apenas um caso de 'concordância atrativa'. Veja o que está no Aurélio (os grifos são meus): meio. *adv. por metade; um pouco; um tanto; quase: Anda meio doente.*

Há muitos exemplos, no português antigo como no moderno, desse advérbio flexionado (caso de concordância por atração):

'a cabeça do Rubião meia inclinada' (Machado de Assis, Quincas Borba, p. 67);

'casou meia defunta' (Id., Várias Histórias, p. 97);

'a mesma mulher, sempre nua ou meia despida' (Eça de Queirós, A Cidade e as Serras, p. 366);

'uns caem meios mortos, e outros vão / A ajuda convocando do Alcorão.' (Luís de Camões, Os Lusíadas, III, 50);

'cinzeiros com cigarros meios fumados' (José Régio, Histórias de Mulheres, p. 45-46).

Assim, para garantir a validade de suas considerações a respeito das gordinhas, o melhor mesmo seria empregar 'as meias gordinhas', a fim de que a atração se desse por inteiro, no gênero (feminino) e no número (plural). Aliás, acho que as gordinhas preferirão que a atração ocorra sempre por inteiro. E as magrinhas também.

Atenciosamente, seu leitor antigo,

Cláudio Cezar Henriques[3]

---

3 PS – Identifico-me: sou professor titular de Língua Portuguesa da UERJ, autor dos livros *Literatura: esse objeto do desejo* (EdUERJ, 1997) e *Sintaxe portuguesa para a linguagem culta contemporânea* (Oficina do Autor, 1997); coordeno desde 1993 o projeto de consultoria lingüístico-gramatical do Centro Filológico Clóvis Monteiro, do Instituto de Letras da UERJ.

Obs.: A expressão 'comandos paragramaticais' é do lingüista Marcos Bagno, autor do livro *Preconceito Lingüístico*."

Botox é coisa séria

Era dia de cinema na cidade e o filme era bom. Não se sabia bem o porquê, mas a Ceição e a Glorinha não pegaram o Transbanha (o ônibus que nos leva para a cidade sob forte escolta) naquela noite.

Ambas estão aí entre os 45 e 50, uma delas já avó. As duas vaidosas num esforço quase hercúleo para voltarem ao corpinho que um dia tiveram. Mulheres bonitas, diga-se de passagem.

O filme era uma comédia irresistível e voltamos todos rindo muito e doidos pela ceia (duas uvas) que nos aguardava. Quando entramos, em bando, no restaurante, lá estavam Ceição e Glorinha, já sentadas e comendo as uvas com garfo e faca, que é para demorar mais. Mas alguma coisa havia acontecido. As duas estavam com uma espécie de emplasto poroso cobrindo toda a testa e os cantos dos olhos. Não podiam nem piscar. Sérias, duras, ensimesmadas.

Claro que todo mundo se assustou e elas conseguiram manter a mentira de que haviam entrado de cara no vidro da divisória da sala de jogos. Estranho acidente aquele, as duas juntas, batendo as testas no mesmo vidro, na mesma hora.

Quando a turma começou a lembrar cenas do filme, as duas seguravam o rosto para não rir, até que uma explicou:

– Gente, a gente não pode rir. Fizemos botox na testa e nos pés-de-galinha. Temos que ficar sem rir (ou chorar de fome, como acrescentou a outra) por 12 horas.

E as duas estavam mesmo muito engraçadas. Davam uns risinhos contritos, segurando os lábios em forma de bico, como se pedissem para todos nós que as fizéssemos rir.

Não deu outra. Quarenta gordinhas fazendo duas rirem é covardia. No começo elas seguravam a testa, fechavam os olhos. Mas a pressão foi aumentando e elas começaram a rir do filme e da impossibilidade delas se expressarem.

Aqueles esparadrapos foram enrugando na testa delas. As lágrimas (de tanto rirem) descolaram os emplastros dos olhos. Elas foram ficando com as caras tortas. Olharam-se no espelho e aí é que começaram a rir para valer. Foi quando a Ceição, vermelha e toda torta, disse:

– Gente, rir é muito melhor do que ficar bonita! Se eu estivesse na minha casa, gritaria: champanha pra todo mundo!

Na manhã seguinte, cada uma teve que levar 16 injeções no rosto. E ficaram trancadas 12 horas no apartamento até poderem começar a rir de novo.

Em tempo: ficaram com testas que pareciam dois sisudos ladrilhos. Riam, riam e a testa não franzia. No que um senhor comentou:

– Gordinha quando dá para rir, parece que está rindo para dar...

E por falar em botox

Tenho certeza de que, se eu fizer 19 operações plásticas por todo o meu corpo de 57 anos, serei eleita Miss Brasil 2004. A revista *Época* até já me deu o preço que essa vaidade vai me custar. Entre 18 e 38 mil reais. No meu caso, dada a idade, devo estar mais para o limite máximo.

Se bem que não vou ter que operar orelhas de abano. Já cai um pouco o preço. Portanto, por 30 mil, enfrento qualquer uma.

Sou uma velha (digo, velho) do tempo em que esse negócio de Miss Brasil (naquele tempo com S) era coisa séria. Minha turma vai de Ieda Vargas, Vera Fischer, Adalgisa Colombo a Maria Lucia Segall e Marta Rocha. A Marta, por exemplo, ficou famosa porque tinha duas polegadas a mais. Hoje em dia, por uns 250 paus, se resolvia isso num fechar de olhos e de cartão de crédito.

Pois é, cara, a nossa miss do ano passado, uma gaúcha, fez 19 plásticas. Dezenove! Imagine você como é que não devia ser aquilo, antes. Provavelmente uma brasileira ajeitadinha, dando para o gasto. Pois agora ela está batendo de dez a zero na Barbie. Diz ela que tem 22 anos.

Mas, antes das 19 intervenções, quem me garante que ela não tinha uns 55? Aliás, esteticamente, basta inverter os números. Coloque 55 num espelho, que vira 22.

Portanto, se eu quiser mesmo concorrer no ano que vem, o problema da idade o espelho resolve.

Será que não tinha nenhuma de 22 na praça, digna de nos representar lá fora e ganhar sei lá o quê? Será que, a partir de agora, até as nossas misses vão ser de plástico? Bonecas manufaturadas ao prazer da beleza de Los Angeles? Pobre país, onde até eu posso ser a miss. Ou você.

No nariz, vou mexer pouco. Tirar aqueles pelinhos, é claro. Lábios de miss, sempre tive, rubros e carnudos. Não vou precisar de nenhum silicone por ali. Um aparelho básico nos dentes para puxar um pouquinho para trás. Dar uma clareadinha também que o tabaco ali habita. Pequena dúvida agora entre o azul-turquesa e o verde-limão para os olhos. Talvez um verde-turquesa rápido. Uma repuxadinha aqui, outra ali, um loiro perfeito no cabelo que já tem uma ondulação que não requer nem Grecin 2000 e muito menos Henne Maru. O gogó eu engulo, numa boa.

Depois de totalmente depilado, creio que não será difícil chegar a 90 de busto e 90 de quadris. Uns cinco quilos de silicone e pronto. Vou ter problema para reduzir a barriguinha para 60 exatos centímetros. Vai ser a parte mais complicada. Mas tudo o que eu tirar da barriga vai para quadris e curvinha nas costas.

Olhando agora para as minhas pernas (já depiladas), acho que podia dar um trato de arredondamento nos joelhos. Um modelito mais para Nara Leão, quiçá, quiçá, quiçá. Sem contar aquela cicatriz dum futebol nos meus 12 anos em campo de terra.

Vou me inspirar um pouco na Marilyn e, se sobrar dinheiro, dar um rápido contorno no queixo. Vai ser meu pedaço de que a Hebe vai gostar mais. Vai ter covinhazinha.

Com um salto, chego fácil a um metro e oitenta. Estou pronta. Me equilibrando, mas vendo tudo aqui de cima. E chegar aos 58 quilos, moleza. Duas semaninhas lá no spa e não se fala mais nisso.

Sim, vou chegar abafando e dizendo para o júri que ele se torna eternamente responsável por aquela que cativa. Vou citar Paulo Coelho e vou querer um fusca do Fernando Henrique. Vou falar inglês lá fora, lá em Puerto Rico. "Pensando em me casar – com o Chico, no infinito – em Puerto Rico."

Agora falando sério (se é que isso ainda é possível depois de tantas aspirações e muito poucas inspirações): acho isso tudo um desrespeito (peito?) à mulher brasileira, tida pelo mundo inteiro como bela, linda, simpática, gostosa, viva e esperta.

Troca de quarto

Eu tenho a impressão de que comer pouco excita. Depois de uns cinco dias ali dentro, aquela gordinha vai virando uma miss. E aquele balofo, um Rodolfo Valentino. Os olhares vão ficando aguçados, o tesão à flor da pele.

Pois a mulher do 5 (gordinha, baixinha e já com uma certa idade) começou a se engraçar com o rapaz do 6 (quase magro, alto e com uma pouca idade), quarto ao lado. Com a desculpa de que estava parando de fumar, deixava o seu maço com o do 6 e, duas ou três vezes por dia, batia lá. Ele a recebia na porta, nem deixava entrar, dava o cigarro. Mas ela lançava olhares. E ele percebia, sentia no ar que daquela noite ele não passava. A do 5 era bem mais forte do que ele, apesar da idade.

Mas Deus existe, pensaria ele, horas depois. Uma senhora, *socialite* do Rio de Janeiro, assídua freqüentadora do spa, ligou para fazer uma reserva e exigiu o quarto 6, o dele.

Explicaram a situação ao rapaz. No final do dia, ele se transferiu para o 7. De noite, chegou a carioca e se acomodou no 6. Ninguém no spa soube da troca.

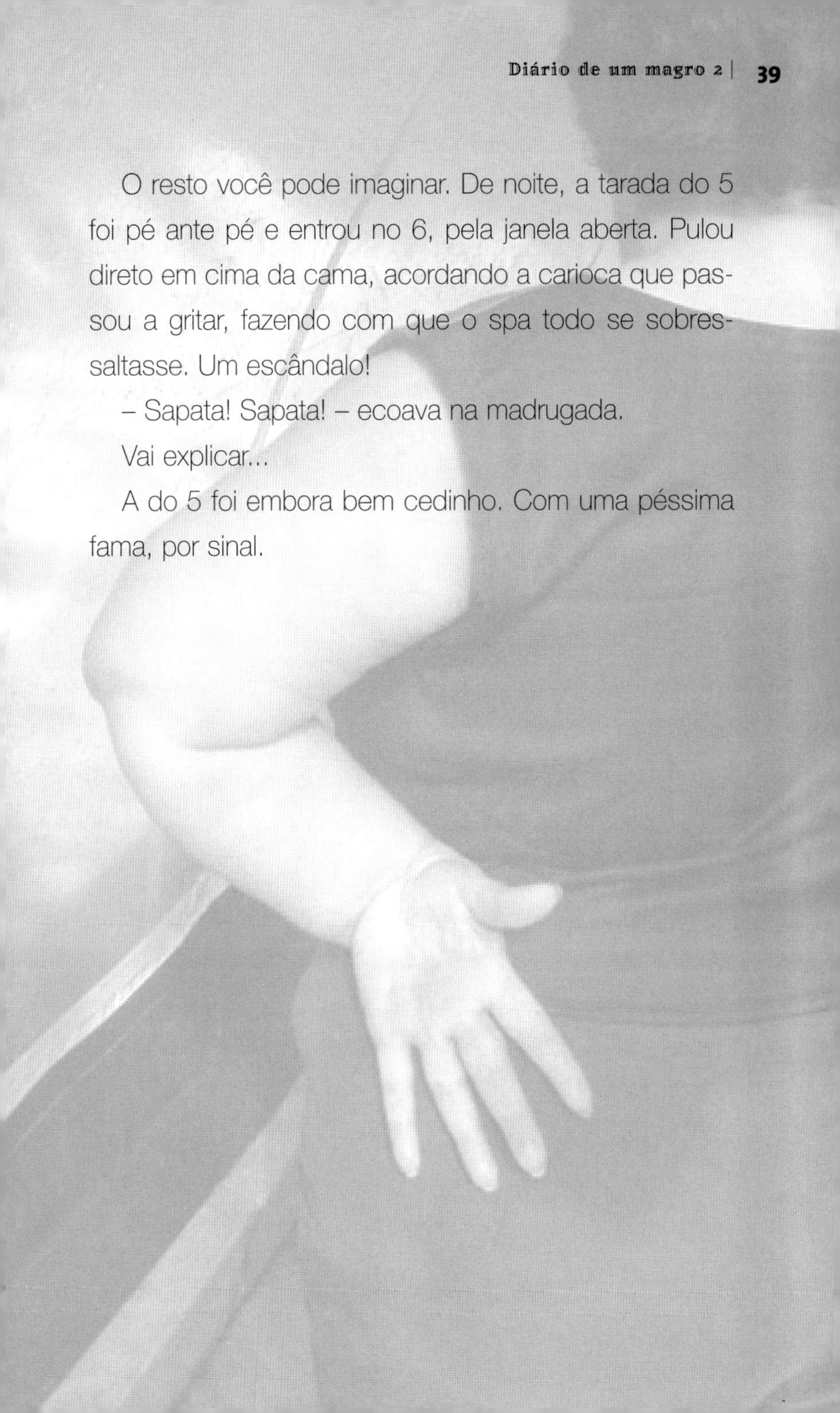

O resto você pode imaginar. De noite, a tarada do 5 foi pé ante pé e entrou no 6, pela janela aberta. Pulou direto em cima da cama, acordando a carioca que passou a gritar, fazendo com que o spa todo se sobressaltasse. Um escândalo!

– Sapata! Sapata! – ecoava na madrugada.

Vai explicar...

A do 5 foi embora bem cedinho. Com uma péssima fama, por sinal.

Halls preto

Estávamos descendo eu e um jovem industrial para os nossos quartos. Na nossa frente, duas gatinhas semigordotas. Chegamos à curva lá embaixo juntos e levamos um último papinho. No que o jovem industrial perguntou, como quem não quer nada:

– O que vocês têm para oferecer?

Sim, porque sempre alguém tem algum crime na manga da camisa.

Uma das meninas, a mais bonita, disse:

– Eu tenho Halls preto.

Fizemos até uma cara de nojo. Halls é um negócio muito ardido. Nem a solidão estomacal do spa me faria chupar um.

No dia seguinte, o meu amigo foi embora. Uns três dias depois, ele me liga, esbaforido:

– A gordinha do Halls preto ainda está aí?

– Foi embora...

– Meu, você não sabe? Perdemos as minas por pura ignorância. Aquele papo de Halls preto era uma cantada, meu! Uma cantada!

– Como é que é?

– É a última novidade em termos de sacanagem. Mas tem que ser Halls preto. Outra cor não serve. Descobri agora. Você fica chupando o Halls preto antes de transar, está me ouvindo? Quando ele estiver quase acabando e a sua língua já meio preta e ardendo, você cai de boca! Você não pode imaginar como as minas reagem! Empinam! Halls preto é o que há, meu! Orgasmos múltiplos, está me entendendo? E a gente recusou, meu! A gente recusou...

E é verdade. Recomendo.

O seu marido está ficando velho? Spa nele!

Este teste tenta avaliar se o seu marido (noivo, namorado, companheiro, concubino) está ficando velho. Velho, não no sentido da idade, mas das manias, sistematismos, etc.

Foi elaborado por professores da Universidade de Del Mar, no sul da Califórnia, liderados pela Phd Dra. Mary Silver, renomada geriatra. Aqui, fizemos apenas uma adaptação para os nossos brasileiros.

1 – Quando você está vendo televisão, ele:

a – Diz que o som está muito alto.

b – Pergunta se você não tem mais o que fazer.

c – Avisa que está quase na hora do futebol.

d – Vai dormir.

e – Dorme ali mesmo.

2 – Em relação às luzes da sua casa, ele:

a – Fica andando pela casa, apagando-as.

b – Diz que só pode ficar acesa a luz do cômodo em que vocês estão.

c – Deixa todas acesas.

d – Insiste em dormir com o abajur aceso.

e – Cada vez que chega a conta, acontece uma briga.

3 – Quando você quer ir ao teatro ou ao cinema, no domingo, ele:

a – Diz que é o seu único dia de folga, portanto...

b – Lembra que tem os gols da rodada.

c – Prefere pedir uma *pizza*.

d – Boceja.

e – Prefere um chopinho com os amigos.

4 – Quanto à freqüência sexual, ele:

a – Nem se lembra mais o que é isso.

b – Uma a cinco, por mês.

c – É um tarado. Todo dia.

d – Vira para o canto e dorme.

e – Reclama da dor do joelho.

5 – Quanto tempo ele demora para tomar banho:

a – Horas.

b – Minutos.

c – Raramente toma.

d – Nunca toma.

e – Só toma banho de imersão, com sais.

6 – Ele reclama de dores? Onde?

a – Lumbago.

b – Gota.

c – Reumatismo.

d – Enxaqueca.

e – Dores do amor.

7 – Com relação aos filhos, ele:

a – Sempre diz: "onde foi que eu errei?".

b – Ignora-os.

c – Joga na cara: "na sua idade, eu já trabalhava, vagabundo!".

d – Ameaça: "quando eu ficar velho, vocês vão me sustentar, cambada!".

e – Nunca quis ter filhos.

8 – O que ele gosta de fazer nas férias:

a – Ir pescar com os amigos.

b – Ficar em barzinho com amigos.

c – Dormir o dia inteiro.

d – Fazer um safári na África.

e – Ir para a casa da mãe dele.

9 – O que ele acha do fato de você trabalhar fora:

a – Errado. A casa está sempre abandonada.

b – Ótimo. Desde que você não ganhe mais do que ele.

c – De vez em quando vai ao seu trabalho dar uma "inspecionada".

d – Só não gosta quando você traz trabalho para casa.

e – Sempre quer interferir, dar palpites.

10 – Quando vocês vão à praia (raramente), ele:

a – Fica sentado numa cadeirinha, de camiseta.

b – Fica no apartamento jogando pôquer com os amigos.

c – Fica na barraquinha de caipirinha.

d – Reclama que a água está fria e ficam entrando bichinhos no maiô.

e – Fica, descaradamente (mas de óculos escuros), olhando o bumbum das gatinhas.

11 – Quando ele dorme:

a – Ronca.

b – Ronca desesperadamente.

c – Fica virando de um lado para o outro, te deixando sempre descoberta.

d – Fala coisas desconexas.

e – Range os dentes.

12 – Com relação à sua mãe, ele:

a – Diz que a adora.

b – A odeia.

c – Ignora.

d – Fica irritado porque é sempre ela que sai no amigo secreto de Natal.

e – Fica mais irritado ainda quando ele é que é o amigo secreto dela. Já não tem onde guardar tantas cuecas.

13 – Quando você pede para ele lavar as louças, ele:

a – Lava, mas sempre quebra alguma coisa.

b – Lava muito mal, que é para você não insistir com essas coisas.

c – Vai imediatamente para a rua.

d – Diz que só enxágua.

e – Mostra um machucadinho no dedinho, impedindo-o.

14 – Como é ele, guiando no trânsito:

a – Sai xingando feito um louco.

b – Dirige muito devagar.

c – Sempre erra o caminho.

d – Não se permite perguntar para alguém onde fica a rua tal. Ele "sabe".

e – Nunca dirigiu na vida.

15 – Como ele ouve música?

a – Altíssima.

b – Muito baixa.

c – Só no *walkman*.

d – Odeia música.

e – Só ouve música clássica.

16 – Quando joga baralho com os amigos, ele:

a – Briga.

b – Rouba.

c – Sempre perde.

d – Sempre ganha.

e – Odeia jogos, cigarros e bebidas (nessa ordem).

17 – Que exercícios ele faz:

a – Bicicleta ergométrica (que ele insiste em chamar de egocêntrica).

b – Malha.

c – Corre no Ibirapuera, 100 metros por semana.

d – Levantamento de copos.

e – Só se exercita quando faz amor.

18 – Como ele te chama:

a – Tesouro.

b – Bibelô.

c – Gorda.

d – Fofa.

e – A pequena insaciável.

19 – Ele vem dizendo alguma dessas frases? Qual?

a – No meu tempo não era assim.

b – Isso é falta de couro.

c – O mundo está mesmo de ponta-cabeça.

d – Vivendo e aprendendo.

e – Isso é coisa de viado!

20 – Onde você acha que ele está neste exato momento?

a – No trabalho.

b – Num bar, com amigos.

c – Num bar, com amigas.

d – Num bar, com a amiga.

e – Na casa da mãe dele.

21 – Ele sabe onde fica o Ponto G?

a – Sabe, mas não o acessa.

b – Diz que isso é coisa de feminista.

c – Ignora.

d – Lembra vagamente.

e – Nem você sabe o que é o *G Point*.

Resposta ao teste[4]

---

4 Minha amiga: todos os itens valem dez pontos. O que significa que você fez 210 pontos. Isso quer dizer que todas as respostas ao teste indicam que o seu marido está mesmo velho, mesmo que ele ainda não tenha chegado aos 40. Cuidado, se cuide. Traga o para o spa! Ele está precisando relaxar. E boa sorte!

O menino e o pinto do menino

Em primeiro lugar, obrigado ao Wander Pirolli pelo título acima.

Mas vamos ao pinto propriamente dito, que é o que interessa. Algumas mães vão para o spa e levam os filhos. Tem vários casos assim. Só que os garotos não comem as poucas calorias do local. Podem comer mais e ficam num lugar chamado (invejosamente, pelas gordinhas) de chiqueirinho. Que é onde eu como, senão eu sumo de tão magro.

Pois depois de umas três refeições, eu já estava íntimo do Fabinho, sempre com uma máquina de fotografar digital, 10 anos de idade e 50 de sacanagem. E eu descobri isso quando passou um senhor gordinho, grande latifundiário do Nordeste, e o Fabinho comentou:

– O pinto dele parece um figo. Pequeno e redondinho. Meio avermelhado. É o Figo.

Achei que era alguma gozação do moleque e nem dei muita bola. Até que, no café da manhã do dia seguinte, ele apontou uma mulher com o queixo:

– Essa aí raspa tudo. É a Raspadinha.

Fiquei alguns segundos olhando para a carinha sardenta dele. E olhei para a câmera digital. Será?

Me enchi de coragem e perguntei:

– E o meu, como é?

E não é que ele descreveu com detalhes, tal e qual?

– Tem foto?

– Tenho. Tenho em disquete.

– De quem mais?

– De quase todo mundo. O que você me dá pra apagar as suas?

As minhas, pensei. Então ele deve ter várias fotos de cada um. Será que ele faz chantagem? Ele mesmo se adiantou:

– Troco por comida e dou para a minha mãe.

Silêncio.

– E ela sabe como você consegue comida para ela?

– Claro que não. Me dá dois pães que eu quebro o teu galho. Já pensou, eu colocar uma cópia debaixo da porta da Gisele com o seu pinto?

– Da Gisele, não!!!

– Três pães.

E saiu da mesa.

No dia seguinte, paguei a minha cota. E a mãe dele sempre a engordar. E ele, sempre a sorrir. E não me pergunte como ele fazia as fotos. As minhas foram na sauna. Ele estava no forro. E você acredita que por 10 folhas de rúcula ele me mostrou as fotos da Gisele?

– Pena que ela tem espinha na bunda,[5] né?

---

5 Bunda: a palavra está registrada no *Novo Dicionário da Língua Portuguesa* (1836), de Constâncio, como um angolismo, e no *Grande Dicionário Português*, de frei Domingos Vieira (1871), na acepção de "nádegas de gente alcatreira", vale dizer, "nadeguda"; em Portugal, entre os usuários atuais da língua, tal vocábulo não é desconhecido, mas não é empregado. A pedidos, alguns sinônimos: alvado, anilha, apito, ás-de-copas, berba, boga, bogueiro, cagueiro, centro-das-convicções, centro-do-oiti, cesta, cu, diferencial, feofó, finfa, fiofó, fiota, fiote, fioto, foba, frasco, fueiro, furico, loto, oritimbó, panela, pêssego, pevide, quiosque, rosa, rosca, roscofe, sim-senhor, tutu, viegas, zé-de-quinca. Há ainda: badameco, badana, bangalafumenga, beldroegas, berdamerda, bereberé, bicho-careta, borra-botas, brochote, bunda-suja, cara-suja, chirimóia, chochinha, cusco, dunguinha, fabiano, fubica, fulustreco, fumega, futrica, gato-pingado, guaipé, guaipeca, guaipeva, guapeva, homenzinho, jagodes, janeanes, jangué, janistroques, lagalhé, leguelhé, lheguelhé, maenga, mei-jengro, mequetrefe, merda, mucufa, ningres-ningres, sanfona, titica, xinxilha.

Os dois velhinhos

E, quando um cara da minha idade diz que eram dois velhinhos, é porque era isso mesmo. Rodeando os 80. Honestos!

Estavam os dois quietos, sentados na piscina, tomando seu solzinho. Eu devia estar a uns três metros deles. Eles estavam em silêncio, até que um deles disse:

– Como a vida passa, Antenor. Já estou pegando festa de bisneto! – Fez uma longa pausa. – São as melhores.

Ele falava alto. Conversa entre velhinhos é sempre alta. Pelo menos um dos dois não ouve bem. Hein? Senti que o assunto ia ser bom. O Antenor e o Lapadula (como viria a saber, quase imediatamente) conversavam com um sorriso maroto no rosto. Quase adolescentes.

– Primeiro eram as festas para os amigos e as amigas dos meus filhos. Eu já era separado. Aquilo era uma beleza. Naquele tempo, as mães, algumas já separadas, oscilavam entre os 25 e 30 anos.

– E as amigas? Quantos aninhos?

– Cinco, seis, Antenor! O que é isso? Também não é assim... Claro que, com o tempo, as amiguinhas foram crescendo. E eu acompanhando passo a passo. A que ia ficar gordinha, a que teve seio primeiro. Um botão. As espinhas, o primeiro beijo, o primeiro beise. Básico.

– O que eu adorava mesmo era buscar e levar na escola. Aquilo era um *point* magnífico. E mais, puxar papo não dava bandeira nenhuma:

– O seu é da turma do amarelo?

– Vermelho.

Com o tempo, já tinha uns pais e umas mães (fiéis) que chegavam uma hora antes para a caipirinha no barzinho da frente. Rolou muita coisa ali.

– Eu me lembro como se fosse hoje quando a minha filha (hoje avó) tinha uns 18 anos e me advertiu: pai, amiga minha, não! O que ela não poderia imaginar é que, anos depois, a filha dela, a minha neta, ia me dizer a mesma coisa: vô, com as minhas amigas, não! Puxou a mãe, a danadinha.

– E reunião de pais e filhos? Vou até a de netos, para dar uma supervisão geral, um periscópio rápido. Porque a gente não pode se esquecer das professoras. Eu vou te dizer uma coisa definitiva. Pai só vai à reunião de pais e filhos por sacanagem. Ninguém está ali impunemente. Tem uns que vão até em dupla. São os piores.

– As professoras: cada vez mais jovens e com cabelinho encaracolado. (Pausa, os dois devem estar relembrando suas vivências com três gerações.) E você então, hein? Já de periscópio em festa de bisneto! Quantos anos?

– O bisneto mais velho tá com 17.

– Céus, nem me conta. Não pego mais na escola, mas tem as festinhas. E você sabe que eu não perco festa de família. Estou em todas!

– Exato, e as mães dos bisnetos estão ali pela faixa entre 35 e 45. Firmes, também à cata.

– Grande faixa, Lapadula. Flaubert e Balzac sabiam das coisas. É que morreram cedo, não descobriram a energia das mulheres de 20.

– Esses franceses só pensavam em sacanagem! Pode ver.

E eu, que sou um jovem perto daqueles assanhados velhinhos, comecei a pensar no meu caso. Realmente era bom buscar os meninos nas escolas. Reunião de pais. As festinhas, ver os filhos dos amigos virando gente. Acho que essa parte da vida é lúdica, por isso. Você ver o afilhado Fábio (filho do Sérgio) advogando, uma sobrinha cobra no *designer*, um primo dirigindo filmes, a Ana (Reinaldo e Maria Rita), linda, lindíssima. O filho do Tenório com programa na televisão. Os filhos do Sergião de Souza em quem a gente esbarra a toda hora. Tudo fazendo coisas. Do Bigode ("não estou mais vendo, estou espiando", é genial). A Maria Shirts e o João Góes filosofando aos 11 anos. Amigos já avós. Mas que vão demorar muito para pegar festa de bisneta.

Eu, da minha parte, não tive ainda nenhum neto. Não por culpa minha, mas inoperância (sábia, talvez, por enquanto) dos filhos. Já estou mais que preparado. Pode deixar pra dormir comigo. Claro, depois de uns três anos (no mínimo).

E pode deixar que eu levo e busco na escola. Afinal, sou um inventor de história e posso muito bem inventar uma conversando com as professoras dos meus netos. Tenho muito a dizer, a ensinar. Acho. Principalmente porque a gente passa a vida toda olhando para elas. Tente imaginar o mundo sem nenhuma mulher. Só homem. A mulher, de qualquer idade, existe para ser olhada, admirada. E, se for possível, amada.

Sorteio do vinho

– Vai ter sorteio do vinho lá no apê do Marcão.

– Cumequié?

– Tá sabendo, não?

Mesmo sem saber do que se tratava, topei. A caminho do apê do Marcão, fui sabendo do que se tratava.

Seguinte: a pia dona Gessy estava no spa se restabelecendo pela morte do seu marido, há um mês, lá em Manaus. Foi quando ela pediu ao padre (que também estava internado, sabe-se lá por quê) para rezar uma missa em intenção da morte do inesquecível.

Em solidariedade (é o que mais existe num spa), todos foram para a missa. Em solidariedade e por causa da hóstia, porque não se pode desprezar um pouco de farinha de trigo, comendo 600 calorias por dia. Na hora de comungar, todos comungaram. Uma fila enorme. E o padre ia molhando a hóstia no cálice de vinho e colocando na boca dos famintos fiéis.

Quando acabou, ele pediu para a dona Gessy tomar o vinho, porque não se podia jogar fora o sangue de Cristo. A dona Gessy ficou meio sem jeito, pois não bebia. No que a Marisa se ofereceu e virou a taça numa talagada só. E ainda lambeu os lábios.

Foi quando alguém teve a idéia de pedir ao padre para rezar missa todos os dias. E, cada dia, o vinho tinha que ser tomado por um paciente diferente. Daí o sorteio.

Depois de quatro ou cinco missas (teve um sorteado que vendeu a sua taça por uma diária completa), a direção do spa percebeu que era fé demais, era catolicismo exagerado. Tinha até uma judia comungando.

Mas não podiam proibir o padre de rezar sua santa missa. E muito menos pedir para ele pular a parte da comunhão.

Mandar o padre embora seria comprar uma briga com a Igreja. O que fazer? Colocaram um funcionário para beber o vinho.

Nunca mais teve missa.

Dicionário

É um jogo divertido. Pelo menos dentro de um spa. Joga-se no mínimo com oito pessoas. Simplificando, é mais ou menos o seguinte: cada rodada um dos jogadores escolhe uma palavra no dicionário que ninguém conheça. Por exemplo: maracatiara. Aí todos escrevem num papel o que imaginam que seja a palavra. Quem a escolheu escreve no seu papel o significado correto. Embaralha-se e quem escolheu a palavra lê todas as definições, inclusive a correta. Depois todo mundo vota na que acha que é a correta. O importante no jogo não é nem acertar a definição do dicionário, mas, sim, ser votado. Quem acerta ganha um ponto. Quem é votado ganha três pontos por voto.

Desta vez, jogávamos em oito, quase todas as noites. Participaram do jogo: Maura Vidal, professora de inglês; Mario Sérgio, filósofo; Janete Leão Ferraz, jornalista; Paulinho Amorim, dono da casa de *shows* Tom Brasil; sua mulher, Jane Duboc, cantora; Marcelo, empresário de Campinas; eu e o Alexandre, estudante de arquitetura em Santos.

A partir daqui, no final de cada capítulo, vou colocar uma das 16 palavras com que jogamos. Tente adivinhar a correta. A definição certa você encontrará no final do livro.

Maracatiara

– *Mantra indiano usado em exercícios respiratórios de alta intensidade.*

– *Aldeia indígena da região Norte, na divisa do Amapá com Suriname.*

– *Ave plumídea cujas penas são usadas para a confecção de cocares rituais.*

– *Comandante de navio.*

– *Desenho feito por índios matogrossenses em seu próprio corpo.*

– *Espécie de periquito.*

– *Pássaro preto com bico avermelhado.*

– *Acepipe*[6] *baiano.*

---

6 Acepipe: prato delicado servido para abrir o apetite; aperitivo, petisco. Qualquer comida bem-feita e apetitosa; pitéu, iguaria, petisco.

Lagarto grelhado especial

2 cebolas médias, cortadas em 8 gomos
1/2 xícara de água
4 bifes de lagarto bem limpo (125g cada)
1 pimentão verde, em pedaços de 2,5cm
1 tomate médio, em fatias
1/4 de colher (chá) de sal *light* e 1/4 de pimenta-do-reino
2 colheres (sopa) de vinho tinto

Cozinhe a cebola e a água, cobertas, em potência alta por quatro a cinco minutos, ou até que a cebola esteja macia. Escorra. Coloque a carne sobre uma grelha numa assadeira. Arranje a cebola, o pimentão e o tomate ao redor da carne. Misture os ingredientes restantes e pincele a carne e os legumes com metade dessa mistura. Asse debaixo do *grill* do forno convencional, a cerca de 10cm da fonte de calor. Asse de oito a 15 minutos, ou até atingir o ponto desejado, virando a carne e os legumes uma vez, pincelando com o restante da mistura. Sirva com arroz e salada.

Rendimento: 4 porções.

Cada porção: 277kcal.

Você tem parado para pensar na vida?

Estava eu hoje cedo no bosque a caminhar e a pensar na vida.

Já pensou nisso? Você tem parado para pensar na vida? Há quanto tempo você não pára e pensa: vou pensar na vida. Não me interrompam. Não estou para ninguém. Desmarquem tudo. Digam que estou em reunião. Com a vida.

Quando a gente era moleque e adolescente, não fazia outra coisa a não ser pensar na vida. O que é que eu vou ser quando crescer? Deus existe? Meu, como a gente pensava nesse tal de Deus. Caso com ela ou não caso? A gente tinha tempo para pensar nela, a vida.

Aí a gente cresce, cai na vida e nunca mais pensa nela. A gente vai tocando a vida sem pensar. Já pensou nisso? A gente vai, cada vez mais, aceitando a vida. A vida toma conta da gente. Domina. Apesar de ser nossa, ela é quem manda. A gente perde o controle. Por quê? Porque a gente não pensa mais nela.

Não pense que, a esta altura do campeonato, é assim fácil pensar na vida. Ela faz tudo para que você não pense mais nela. Claro, ela está na dela e não na sua. Ela não quer ser mudada de uma hora para a outra. Não é fácil mudar a vida da gente assim sem mais nem menos.

É necessário que se marque hora para isso. E saiba que, para pensar nela, você vai ter de estar sozinho. Não há a menor possibilidade de pensar nela na companhia de alguém. É peso pesado. Você e ela. Não tem de ter mulher, filho, terapeuta, melhor amigo do lado. É um duelo de titãs. Em alguns casos, de tantãs. Discutir a nossa relação com a vida não é mole. Chega a emagrecer. E o melhor lugar do mundo para pensar na vida é um spa.

Antes do embate, você tem de fazer umas anotações sobre os itens principais em que você quer pensar. Por exemplo: um dia você pensou em Deus. Resolveu acreditar nele ou não. Você tinha 10, 18 anos, sei lá. Depois você nunca mais pensou nisso. Mas hoje você não tem mais 10, 18 anos.

O seu conceito de casamento é de quantos anos atrás? E de fidelidade? Ou você acha melhor não pensar nesse aspecto da vida? Você é quem sabe. E a sua relação com os seus filhos? É aquela mesma que você aprendeu dos seus pais, quando você ainda pensava na vida? E nunca mais mudou, evoluiu, pensou no caso novamente?

Quando você ainda pensava na vida (quanto tempo tem isso?), você escolheu uma profissão. Já parou para pensar se era isso mesmo? Ou o trabalho continua sendo um sofrimento para você, que fica contando os anos que faltam para se aposentar e virar um vagabundo?

Essa roupa que você está usando agora. Este estilo de roupa. Há quanto tempo você não pára para pensar se é isso mesmo que você deve vestir? Dá uma olhadinha no espelho. E o penteado que você faz igual todo dia? Pense nele.

Você tem certeza de que não gosta de jiló? Você não gostava de jiló quando era garotinha. Já pensou em experimentar um jiló amanhã? Já pensou, se gostar?

Esse negócio de você beber todo dia, já parou para pensar nisso? Fique sem beber um dia e dedique o dia para pensar nisso. Mas cuidado, que a vida, às vezes, não deixa a gente pensar nela. Já disse isso lá atrás.

É bom pensar na vida, de vez em quando.

Tem dia de tudo aqui no Brasil. Devia ter o Dia-de-pensar-na-vida. Nesse dia ninguém faria nada. Absolutamente nada. Pensaria na vida. O dia inteiro. Sozinho. Você com ela, a sua vida.

Enquanto é tempo, porque quando a gente menos espera, começa a pensar na morte. Aí é um horror você perceber que passou a vida toda sem pensar na vida.

Viver é bom, alguém me disse, mesmo sabendo que "no caminho da oficina, há um bar em cada esquina".

Viagem ao redor de um joelho

Para começar, vou logo dizendo que acho a palavra joelho horrível. Pense bem: jo-e-lho. Não é feia? Além de proporcionar rimas fáceis e deselegantes.

O que acontece é que eu estou com um problema no joelho esquerdo. Me colocaram lá dentro de um tubo de ressonância magnética que deve ter este nome por causa do barulhão que faz lá dentro. O médico me disse que eu estou com o corno posterior lesionado. Coisas no menisco (outra palavrinha feia).

Toda esta introdução é para dizer que tenho pensado muito no joelho. No meu joelho. Nunca tinha dado muita bola para ele. Mas com o corno estourado, você passa a conviver muito mais com a sua própria rótula (eta nome!). Ou, pelo menos, tenta.

Você não pode imaginar como um joelho é importante para um vertebrado como a gente. É a rótula que nos dá a rota, que nos traz e nos leva.

Começou a me incomodar mais, quando cheguei aqui ao frio do spa. Dentro do quarto tem calefação. Mas o joelho sabe que, lá fora, está frio. Ele odeia o frio. E sofre, coitado.

É quando a gente percebe que não consegue fazer nada sem ele. Andar claudicando é o de menos. O pior é quando você pára numa esquina e fica com apenas a ponta do pé apoiada no chão, com a perna meio curvadinha. Parece uma bicha no ponto. Sempre passa um engraçadinho e grita: viado! E quando a gente começa a atravessar a rua e percebe que não vai dar tempo de chegar ao outro lado e não dá para correr?

Até para as necessidades mais íntimas, você precisa do joelho. Tem que sentar com a perna um pouco esticada, porque não dá para dobrar. Experimente fazer xixi com uma perna esticada. Alguma coisa não vai sair certo.

Se o sabonete cair no chão, na hora do banho, esqueça. Seus braços jamais chegarão lá embaixo. Enxugar os pés então, nem pense nisso. E, por favor, não tente chutar uma tampinha de Coca-cola na rua. Pode ser fatal.

Mas a dificuldade maior é para se fazer amor sem a colaboração total e imprescindível do joelho.

Pode parecer bobagem, mas para o ato sexual, o joelho é muito mais importante do que o – por exemplo – pênis. Desculpem usar a palavra pênis, que é uma coisa que só médico tem. Perguntam: e o Pênis, como vai? Como se o pênis fosse um tio da gente.

Mas eu dizia da importância do joelho no ato sexual. De joelhos, por exemplo, nem pensar. Mesmo deitado, virado para cima, sem ele você não faz nada. O joelho é quem comanda, quem faz as inflexões todas, é ele quem dá a pressão, faz os movimentos, é ele quem dirige a ação. É ele quem engata a primeira, é ele quem gira para uma marcha a ré mais arriscada. O resto não faz nada sem o comando do joelho, a principal alavanca do ato em si. O joelho é o responsável pelo ritmo. É o joelho quem dá o tempo certo. E é nele que você se apóia na hora do orgasmo final e grita. De dor.

É impossível ir-se até a igreja que eu vejo aqui da minha janela e ajoelhar-se diante do altar de Deus e pedir perdão por pensar e escrever tanta besteira.

É que a dor é maior que o amor, meu anjo.

Dicionário

Redrar

– *Desistir, voltar atrás.*

– *O mesmo que quebrar, trincar.*

– *Voltar atrás; arrepender-se.*

– *Gaguejar; apresentar dificuldade diccional ao pronunciar palavras.*

– *Reconsiderar.*

– *Cavar as vinhas a fim de tirar as ervas.*

– *Sair correndo de algum lugar.*

– *Ato de voltar ao estado de origem.*

Lúzio

– *Sem brilho, fosco.*

– *Desdobramento.*

– *Tempero hindu com sabor de menta.*

– *Pessoa esperta; aquele de raciocínio rápido.*

– *Candelabro medieval.*

– *Unidade de medida de ressonância eólica.*

– *Olho.*

– *Lanterna situada a estibordo nas embarcações de Veneza.*

Peitos de orelha em pé

O que não falta num spa é peito. Peito de mulher. Abundam. Existe alguma coisa mais bonita do que o peito de uma mulher? Não existe escritor que não tenha metido a mão por ali. Machado, por exemplo, descreve os seios de Helena como pêra aveludada. Desde que nascemos, temos uma relação estreitíssima com eles. Para dizer o mínimo, morreríamos sem eles.

Melhor que um peito, só dois. Mas ensinaram para a gente que é feio olhar para o seio. Que é feio. Eu nunca entendia os padres. Eu olhava e achava aquilo bonito, menino ainda. Mas os padres diziam que não podia olhar. Era pecado, tinha de confessar e rezar para o vosso ventre, Jesus.

Essa coisa de achar peito feio e motivo para pecados é coisa dos anos 50. Portanto, mais de meio século atrás. Mas a proibição não fez com que os peitos saíssem da praça. Continuaram a nascer e a crescer. Uns mais pra baixo, uns mais empinados, uns vesgos. Pululam por aí. Olhou, pecou, morreu, vai pru inferno, arder no fogo eterno.

É tudo uma questão de conceito. Vamos imaginar, por exemplo, que os padres e os evangélicos cismassem – há vários séculos – que o feio não era o peito, e sim a orelha. Que orelha não era para ficar mostrando. Orelha é pra ouvir e não para excitar adolescentes ou velhos tarados. Cismaram com isso.

Já pensou as mulheres todas com as orelhas escondidas? Existiria uma espécie de sutiã de orelha para cada uma. Claro que ia ter uns mais ousados, mostrando o comecinho do lóbulo. O conhecido Ponto Ló.

O lóbulo seria o máximo da sacanagem. As prostitutas iam faturar mais se o lóbulo entrasse no acordo. E teria aquelas puritanas: não faço lóbulo. Ou: lóbulo só com camisinha.

Claro que iam existir revistas só de orelhas peladas, lóbulos depilados. *Closes* gigantescos. Iam comentar: você viu a fulana? Orelha caíííííída! Bobagens como: isso é que é orelha, não aquilo que eu tenho lá em casa.

Provavelmente algumas colocariam silicone nas orelhas, depois de uma certa idade. Será que a orelha de abano ia ser excitante ou broxante?

Orelha boa mesmo seria aquela com marquinha do sol. Bem fininha, bem fio dental.

E aquelas mulheres que iam deixar a gente de orelha em pé? E tenho certeza absoluta de que os fabricantes de cotonetes iam fazer modelos mais ousados, mais anatômicos e penetrantes.

Ai de quem entrasse debaixo de um orelhão.

As dobras das capas dos livros não mais se chamariam orelhas. É palavrão. Iam chamar-se peitos. Primeiro peito, segundo peito. Assim diriam: o livro do fulano tem o peito do sicrano.

E assim, você pode viajar por qualquer parte do seu corpo[7] com a culpa que quiser. E peço aos padres, aos evangélicos, aos militares e à polícia que deixem os peitos de lado. Ou de frente.

---

7 Corpo: a estrutura física de um organismo vivo (esp. o homem e o animal), englobando suas funções fisiológicas; parte concreta, material dos seres; na configuração da espécie humana, o conjunto formado por cabeça, tronco e membros; o tronco, a parte central da estrutura anatômica de um homem ou animal, excluindo os membros inferiores e superiores e a cabeça; compleição física de alguém; estatura, robustez; forma física perfeita, segundo padrões estabelecidos pela sociedade em determinada época; a materialidade do ser; tudo o que se refere à satisfação das necessidades físicas de alguém; o que possui carnalidade, concretude.

O Vavá

O Vavá, é óbvio, é um gordo.[8] Um senhor de seus 60 anos, maravilhosos olhos azuis. "Já fui bonito pra caralho." Milionário, tem uma espécie de conta-corrente no spa para ele e toda a família. São todos gordos. Vavá fala palavrão o dia inteiro, brinca com todo mundo. Gente fina, apesar da mineira barriga.

Pois um dia estávamos no refeitório, depois do jantar, veio a menina da recepção com o sem-fio na mão:

– Seu Vavá, por favor, estou com um senhor de Belo Horizonte que vem para cá amanhã de carro e quer saber que estrada tem que pegar. O senhor podia me ajudar?

Vavá pegou o telefone. Fez-se silêncio. Alguma o Vavá iria aprontar com o seu conterrâneo.

---

8 Gordo: que tem gordura ("tecido adiposo") ou tem uma quantidade de gordura acima da usual; obeso, cheio, corpulento; que contém gordura ("qualquer dos compostos") na sua composição; gordurento, gorduroso, oleoso, graxento; com a aparência de gordura; redondo, cheio; de volume ou dimensões avantajadas; maior do que o comum; que tem valor ou dimensões que vão além do normal, do ordinário, do razoável; grande, grosso, graúdo; com fartura ou generosidade; vultoso, polpudo, farto, alentado, lauto; gordachão, gordacho, gordachudo, gordaço, gordalhaço, gordalhão, gordalhucho, gordalhudo, gordalhufo, gordanchudo, gordote, gorducho.

– Alô! Quem fala? Zé Luiz? Aqui é o Vavá. Tudo bem? Facílimo. Você pega a BR-301 como quem vai para Betim. Aí segue reto, vai descendo, descendo, até chegar a Atibaia, ali perto de Campinas. Ali você vira para Campinas, de Campinas você pega uma estrada que vem direto aqui para Sorocaba, passando por Itu. Mas muito cuidado ao passar por Itu. Você sabe que lá em Itu as pessoas têm o pau muito grande, não sabe? Pois então, muito cuidado ao passar perto da cidade. Se pedirem para parar na estrada, não pare de maneira nenhuma. Porque se parar e descer do carro, eles comem o teu cu.

Gargalhadas gerais. Como é que o Vavá tinha coragem de dizer aquilo para um sujeito que ele nem tinha idéia de quem fosse? Mas a coisa não parou por aí.

– Ô Zé Luiz, outra coisa: traga vaselina, porque se não te comerem o rabo lá em Itu, aqui a gente vai te enrabar. Boa viagem!

No dia seguinte, estávamos todos a fazer hidroginástica, quando a menina da recepção passa com o Zé Luiz que fazia sua entrada. O Zé Luiz tem uns dois metros de altura e de lado. Um gigante. Carregava uma lata de uns 20 litros no ombro. Parou diante da piscina, colocou a lata no chão e perguntou com um vozeirão danado:

– Quem que é o Vavá?

O Vavá levantou timidamente o dedinho e quase gaguejou:

– Doutor José Luiz?

O Zé Luiz tirou a tampa da lata, meteu a mão lá dentro. A lata estava cheia de vaselina.

– Estou lá no meu quarto, seu Vavá. Podemos começar assim que o senhor se enxugar.

Ficaram grandes amigos. O Zé Luiz era mais doido ainda que o seu Vavá.

Quando eu digo que isso aqui é um hospício, ninguém acredita.

Oremos, mictemos e saremos

Não faltava mais nada.

Estava eu no restaurante do spa tomando um chá de camomila, quando chega uma senhora da muito alinhada, maranhense. Me jogou o jornal em cima da mesa e disse, sedenta e faminta:

– O negócio é começar a beber xixi! Imagine você que a Igreja Católica Apostólica Romana, através de uma Pastoral lá de Pernambuco, está mandando seus fiéis beberem urina. Vou repetir: beberem urina. Tá aqui, ó, no seu jornal!

E era verdade. A nova "encíclica" chama-se urinoterapia. E, segundo uma freira (e contumaz bebedoura), já tem mais de 20 mil católicas ingerindo o que o próprio corpo repeliu. Diz que a urina sara tudo. Incluindo, nesse tudo, câncer e (pasmem!) aids. Para reumatismo, é tiro e queda!

Tem gente que toma logo cedo, misturada com tamarindo. Outros tomam gelada, outros ainda com o calor que ela traz em si mesma.

Lendo as matérias, várias dúvidas afloraram dentro de mim, principalmente na região da bexiga. Diz lá que um homem urina um litro e meio, em média, por dia. Mas deve tomar seis litros. Ou seja, deve pedir (ou comprar) urina por aí. Bom negócio para aqueles beberrões de cerveja que não param de produzir a matéria-prima. Quando os alemães descobrirem a urinoterapia, vão exportar tonéis. No lugar do Leite da Mulher Amada, virá o Xixi da Mulher Amada.

Outro problema é este. Diz um padre irlandês (outro viciado no líquido, que mora há mais de 20 anos no Brasil) que homem não pode tomar xixi de mulher e vice-versa. Por quê? Liguei imediatamente para o meu velho pai e médico que teve, durante mais de 30 anos, Laboratório de Análises Clínicas. Disse nunca ter notado nenhuma diferença. Acho, portanto, que é preconceito dos padres. Será que é para evitar que a pessoa tome o xixi na própria fonte?

Eu, se tal excremento fosse mesmo inevitável, gostaria de saber a fonte antes de tomar. De onde veio? De quem era? Será que vão surgir Bancos de Urina?

E se a moda chega aos bares? Já pensou? "Por favor, uma dose de xixi *on the rock*!" E o garçom: "copo alto ou baixo?". Tem xixi escuro? Caipirinha de xixi (com muito açúcar). Quantas pedras de gelo? Nos bares mais sofisticados, vão-nos oferecer xixi escocês. Claro que o Paraguai vai-nos mandar xixi falsificado.

Um dia baterá nas nossas praias o Xixi da Lata. Basta um copinho por dia que a dor logo passa.

Uma fã do tratamento diz que a "primeira do dia é a mais salgada". Mas não explicou se isso é bom ou ruim. Para manter a saúde, não são necessários seis litros por dia. Basta um copo da "primeira urina fresca da manhã". Aquela mesma, a salgada. Já para câncer é que são necessários seis litros por dia.

Alguns padres não gostam do termo urinoterapia, sugerindo que o método fique conhecido como "medicina agradável". Que coisa mais desagradável... Outro padre chega a afirmar que "a urina é a água da vida". O que não faz a sede[9] da ignorância!

Será que nos semáforos as criancinhas vão pedir "um troquinho de xixi para a minha mãe que está com reumatismo"? Acontecerão assaltos: "o xixi ou a vida"!

Haverá xixi congelado para se tomar no futuro? Você chega ao bar, e o garçom vem oferecer: "esse é do bom. Do Maranhão, safra 93". Aí ele serve uma gotinha, você experimenta e pede, como manda a educação, para ele servir primeiro as moças.

---

9 Sede: sensação associada à necessidade de água do organismo; vontade de beber; desejo vivo, ardente; desejo imoderado de bens, riquezas ou honras; ambição, avidez, cobiça; desejo intenso de se vingar; pressa em atingir algum objetivo; sofreguidão, ânsia, aflição, impaciência.

Nos supermercados, xixi enlatado. Sabor framboesa, limão, com mate. O Xixi-Cola. Propagandas: "Agora, sem aminoácido". Ou: "Sabor Natural". Ou ainda: "O Ministério da Saúde adverte: xixi faz bem à saúde". "Não bebam xixi na frente das crianças". E por aí vai.

TPM

O Homero é imenso, grande e gordo. Além de faminto. Dizem que uma vez teve uma licença de dois dias e engordou cinco quilos e meio "lá fora", que é como o mundo é conhecido fora dos muros do spa. Pois o Homero se juntou ao seu sobrinho Marcelo (filho do Benedito Ruy Barbosa e da Marilene, outra assídua daqui) e ao doutor Toufik, igualmente imenso, grande e gordo. Além de faminto e dono de uma famosa clínica no interior do estado de São Paulo.

E traçaram o plano que denominaram TPM (Tudo Pelo Muro). Alguns dias de organização e seria nesta noite. Homero, que é de Sorocaba, havia ligado para uma pizzaria, onde era conhecido, e combinado o seguinte: três *pizzas*, uma calabresa, uma portuguesa e uma muçarela. Todas com bastante azeite. De preferência, português. O serviçal que as traria deveria arremessar pelo alto do muro, no fundo do spa, lado direito, exatamente às 11 da noite. Do lado de cá estariam os três para a recepção. O jantar, comentou um deles, havia sido o *couvert*...

No fundo do spa, no local marcado, fica o bosque para as caminhadas. Entre os altos pinheiros, eles não seriam reconhecidos.

A chuva começou lá pelas nove. Às 10 já chovia muito forte. Quase 11 horas, quando se encontraram no apartamento do Homero, era um dilúvio que caía sobre Sorocaba. Homero liga para a pizzaria e sorri. O rapaz estava trazendo, assim mesmo. TPM profissional. Coisa de homem que sabe!

Foram sem capa nem guarda-chuva, para não chamar a atenção. A senha era um assovio do lado de fora e três do lado de dentro. Onze em ponto, estavam lá os três, lambendo os beiços. Trovões, ventania, um horror. Mas, entre um raio e outro (que clareava tudo), deu para ouvir o assovio do lado de fora. Do lado de dentro eles assoviavam desesperadamente. O rapaz ouviu e arremessou as duas *pizzas* pelo muro.

Deu azar: as duas ficaram enroscadas nos galhos mais altos das árvores. Quando caía raio, eles conseguiam até ler o nome da pizzaria.

– Cai, porra!!!

– Tem que cair, não é possível.

O Marcelo, o mais magro, tentou subir na árvore. Inútil, escorregava. Impossível. A vassoura que estava ali perto não chegava nem à metade do caminho. Mas quanto mais ventava, mais elas se enroscavam lá em cima. E chacoalhar aquele pinheiro era mesmo impossível. E o vento foi diminuindo, diminuindo.

Ficaram os três embaixo torcendo para as *pizzas* desabarem. Depois de uma hora e meia, chegaram à conclusão de que elas jamais chegariam ao estômago deles.

Voltaram, cada um para o seu quarto. O plano TPM havia sido um gastronômico fracasso.

Na manhã seguinte, dia claro, o Homero, o primeiro a acordar, foi lá. Não tinha *pizza* nenhuma. Nem no chão e muito menos nas árvores. Nem as caixas.

Até hoje um desconfia do outro. Brigaram. Que alguém comeu as *pizzas*, comeu. Sim, mas quem?

São os mistérios gozosos (e gostosos) do spa...

Dicionário

Mangulho

– Crustáceo venenoso da família dos cetáceos.

– Espécie de marisco estéril, em forma de esporo.

– Ave pernalta da espécie vivax, com habitat *na costa do Sudão, de carne saborosa e nutritiva.*

– Matinal, vespertino.

– Posto militar de observação em lugar elevado e formado por madeiras toscas.

– Colete medieval feito de malha de aço.

– Galho retorcido da mangueira.

– Pedaço de terra cercado por pedras, não permitindo seu acesso.

Gravanzudo

– Diz-se do sujeito que é zombado.

– Pessoa indócil.

– Gola armada de roupa de palhaço.

– Som grave emitido pelo besouro gravizo no cortejo para acasalamento.

– Som dos besouros.

– Indivíduo alto, agigantado.

– Que gosta de viver isolado.

– Espécie em forma de semente de gravanço.

Outra do Vavá

Já disse que o Vavá é assíduo aqui do spa. Mas isso não o libera da vistoria geral nas malas cada vez que ele chega aqui. E, cada vez que revistavam as suas malas, ele se irritava. Prometia um dia se vingar. E foi assim:

Numa de suas chegadas, lá foi ele com sua imensa mala e a garota da recepção para o seu quarto. Ela colocou a mala em cima da cama. Ele se sentou numa poltrona e preparou sua máquina de fotografar digital Mavica.

– Pode revistar.

Quando a moça abriu a mala, teve a desagradável surpresa de ver, logo em primeiro plano, 15 pênis de plástico. Clic! De diferentes tamanhos, cores e estilos. A garota não perdeu o pique. Começou a retirar um por um com a ponta de dois dedos, quase trêmula. Clic, clic.

Depois que ela tirou todos, o seu Vavá resolveu tripudiar:

– Convém apertar cada um deles. Pode ser que tenha leite condensado dentro.

E a menina começou a pegar cada um deles e apertar com a mão cheia para ver se saía alguma coisa. Clic,

clic. Quando ela terminou, estava chorando. O Vavá se comoveu, percebeu que havia ido longe demais.

Dizem que deu um carro Gol para ela, que não aceitou.

O que eu sei e vi foi a piscina, no dia seguinte, amanhecer com 15 pênis boiando, para alegria de muita gordinha enclausurada há tanto tempo. Sumiram todos.

O senador

Fiquei amigo do senador nordestino, apesar de ser de um partido pra lá da direita de Bagdá. Como todo freqüentador de spa, além de gordo é engraçadíssimo.

Um dia no restaurante começamos a beber gim tônica sem gim e o senador cada vez falando mais alto. Começou a contar de altas corrupções, subornos. A clientela foi ficando em silêncio e eu percebendo que o restaurante todo estava ouvindo aquelas histórias cabeludas da política brasileira atual. E ele dizia nomes, cifras, entregava todo mundo. Eu, ali, cúmplice da gandaia brasileira. Foi meia hora de uma autocpi com os alto-falantes ligados. E todo mundo ouvindo.

De repente, ele me puxa para bem perto dele e fala baixo, bem baixinho:

– Agora eu vou te contar uma coisa muito séria. Se um dia você contar para alguém, é um homem morto.

– Longe de mim, senador. Sou um túmulo.

– Porque o que eu vou te contar é um segredo que só eu sei. Se alguém descobre, estou fodido!

– Deixa comigo.

– Promete?

– Prometo.

– Sabe aquele banheiro ali, o do restaurante? Em cima tem uma espécie de prateleira, não tem? Pois toda vez que eu chego, coloco um dropes lá em cima. Todo dia eu vou lá e chupo um.

E caiu na gargalhada.

– Bico, hein? Bico!

O restaurante todo ficou a imaginar a maracutaia que ele me contou.

O pão

Eu costumo dizer que o Joaquim é dono do Maranhão. Deputado (foi o mais jovem deputado constituinte do Brasil), dono da Globo de São Luiz, sócio do clã Sarney, poeta e gordo. O Joaquim é imenso. Uma pessoa pra lá de simpática. Joaquim Haickel. Um grande turco. Meu amigo.

Ele me pegava pelo colarinho e dizia:

– Cara, eu como 12 mil calorias por dia na minha terra. Aqui estou comendo 300. Dá para me entender? Estou sofrendo! Você tem que me arrumar um pão. Um só e eu largo do seu pé.

Essa cantilena era diária. Até que uma manhã eu resolvi deixar de comer o meu pão (tenho dieta livre) e dar para o Joaquim. Eram oito horas da manhã.

Ninguém mais viu o Joaquim pelo spa. Não foi à piscina, não foi almoçar, não foi para o ginásio. Comecei a ficar preocupado com ele. Fui ao seu quarto.

Ele só dorme em rede. E lá estava ele, deitado numa enorme rede, com os olhinhos virados. Perguntei o que estava acontecendo. Por que ele tinha sumido. O pão estava no seu colo, pela metade. Ele me explicou.

– Estou comendo o pão.

– Sim, mas você está comendo o pão há quase oito horas.

– E vou levar mais oito para acabar.

Aí ele me mostrou o processo. Ele tirava uma casquinha do pão, colocava no céu da boca, metia a língua lá e ficava assim – em êxtase, como pude comprovar – até dissolver o naco. Depois pegava outro. Seus olhinhos estavam virados. Era um homem feliz. Tinha o dia inteiro pela frente para desfrutar daquele imenso prazer. Resolvi sair, mas ainda ouvi ele balbuciar:

– Nunca, em toda a minha vida, vou me esquecer de você...

Dicionário

Libame

– Ligação estreita que conecta dois istmos.

– Que é rápido quando submerso.

– Período fértil dos aracnídeos.

– Armação suspensa por cordas.

– Melancolia típica dos poetas e compositores renascentistas à qual se atribuía fecundidade produtiva.

– Espécie de gorgorão usado em acabamento de cortinas.

– Parte nobre dos cordeiros.

– Nos sacrifícios romanos, oferenda aos deuses.

Lé

– Peixe comestível proveniente de rio.

– Mal-ajambrado; bagunçado.

– Participante de culto ou atividade do budismo.

– Do iorubá, nos candomblés: atabaque menor.

– Tolo, fútil.

– Sinal utilizado na transmissão radiofônica para indicar interrupção de energia.

– Que não vale nada.

– O mesmo que alelezado.

Molho de abobrinha e pimentão

1/4 de xícara de cebola picada
3 colheres (sopa) de óleo de canola
1 dente de alho picado
1/4 de colher (chá) de sal *light*
1/4 de colher (chá) de pimenta-vermelha picada
3 xícaras de abobrinha pequena cortada em fatias
1 pimentão vermelho, cortado em tirinhas
1/4 de xícara de vinho branco seco
1/4 de xícara de manjericão fresco picado

Numa caçarola, coloque a cebola, o óleo, o alho, o sal e a pimenta. Cozinhe em potência alta por dois a três minutos, mexendo uma vez. Acrescente a abobrinha, o pimentão e o vinho. Misture bem. Tampe. Cozinhe em potência alta por mais sete a nove minutos, mexendo uma vez. Adicione o manjericão. Sirva com macarrão.

Cada porção: 155kcal.

Não sei por que estou tão feliz

Nos últimos dias aqui no spa, ando com uma certa felicidade[10] coçando a minha cabeça. Pois estava eu cá com os meus botões a pensar de onde vinha tanta felicidade quando, para felicidade geral, ouço a música do Luiz Tatit, do seu CD que se chama *Felicidade*.

A letra era tudo que eu vinha tentando colocar no papel. Faço minhas as geniais palavras do poeta e, sem pedir autorização, abuso e a reproduzo aqui. Na íntegra e com a maior felicidade:

***

"Não sei por que estou tão feliz
Não há motivo algum pra ter tanta felicidade
Não sei o que foi que eu fiz
Se fui perdendo o senso de realidade

*

Um sentimento indefinido
Foi me tomando ao cair da tarde

---

10 Felicidade: qualidade ou estado de feliz; estado de uma consciência plenamente satisfeita; satisfação, contentamento, bem-estar; boa fortuna; sorte; bom êxito; acerto, sucesso; votos de feliz êxito; congratulações.

Infelizmente era felicidade
Claro que é muito gostoso
Claro que eu não acredito
Felicidade assim sem mais nem menos
É muito esquisito!

*

Não sei por que estou tão feliz
Preciso refletir um pouco e sair do barato
Não posso continuar assim feliz
Como se fosse um sentimento inato
Sem ter o menor motivo
Sem uma razão de fato

*

Ser feliz assim é meio chato
As coisas nem vão muito bem
Perdi o dinheiro que tinha guardado
E pra completar depois disso
Eu fui despedido estou desempregado

*

Amor que sempre foi meu forte
Não tenho tido muita sorte
Estou sozinho sem saída
Sem dinheiro sem comida
E feliz da vida

*

Não sei por que estou tão feliz
Vai ver que é pra esconder no fundo uma infelicidade
Pensei que fosse por aí
Fiz todas terapias que tem na cidade
A conclusão veio depressa

Sem nenhuma novidade
Meu problema era felicidade

*

Nem fiquei desesperado
Fui até bem razoável
Felicidade quando é no começo
Ainda é controlável

*

Não sei o que que foi que eu fiz
Pra merecer estar radiante de felicidade
Mais fácil ver o que eu não fiz
Fiz pouca coisa aqui pra minha idade
Não me dediquei a nada
Tudo eu fiz pela metade
Por que então tanta felicidade?

*

Dizem que só penso em mim
Sou muito centrado
Que sou egoísta
Tem gente que põe meus defeitos
Em ordem alfabética
E faz uma lista
Por isso não se justifica
Tanto privilégio de felicidade

*

Independente dos deslizes
Dentre todos os felizes
Sou o mais feliz

*

Não sei por que estou tão feliz
E já nem sei se é necessário ter um bom motivo
A busca de uma razão
Me deu dor de cabeça
Acabou comigo

*

Enfim eu já tentei de tudo
Enfim eu quis ser conseqüente
Mas desisti
Vou ser feliz pra sempre

*

Peço a todos: com licença!
Vamos liberar o pedaço
Felicidade assim desse tamanho
Só com muito espaço."

Espírito

Hoje uma meia-gordinha de uns 15 anos me disse:

– Fiz uma frase sobre gordinha.

– E como é que é?

– Ser gorda não é uma questão de corpo. É uma questão de espírito. De espírito de porco.

– Péssima, eu disse.

– Brincadeira. É que eu sou palmeirense...

E riu.

– Coloca no seu livro, coloca. Diz que foi a Ciça, diz.

As unhas

As unhas, como todo *homo sapiens* sabe, vêm das garras de nossos avós macacos. Parece-me que foi o que restou, além do cóccix, também conhecido como uropígio ou sobrecu (sem acento, pois o assento é mais abaixo).

Foram-se os anéis e ficaram as unhas. E qual é a função da unha hoje em dia? O corte. Só existem – como os cabelos – para serem cortadas. As moças, além de cortar, pintam, colorem e posam.

Cortar a unha requer certo engenho e alguma arte. Não me lembro da primeira vez que cortei a unha sozinho. Mas devo ter feito algum estrago. Não existia o trim e foi na tesourinha mesmo. Creio ter me dado muito mal, pois passei a roer até já ter uns 30 anos de idade, quando alguém me disse que roer unha significava insatisfação sexual. Parei imediatamente, o que não fez minha *performance* sexual melhorar, mas deu-me o trabalho de ter que cortá-la algumas vezes por mês.

Eu tenho uma amiga (já avó) que rói até hoje. Das mãos e dos pés. As do pé, com o passar dos anos e dos quilos, passou a ficar difícil. O que fez ela? Cortava com a tesourinha e armazenava numa bela caixinha de prata, revestida internamente por reluzente veludo grená. Dava vontade, ela ia à caixinha. E ai de quem mexesse naquilo.

Mineiro e macho, nunca fiz as unhas dos pés. Até que um dia, no spa, uma bichinha saiu da podóloga (este nome, sei não) com os pés perfeitos e orgulhosos de si mesmos. Dei uma olhada e o pé da bicha estava mesmo muito interessante.

No cair da tarde, ninguém vendo, preparei a cabeça, fui lá e fiz o pé. Adorei. A podóloga (este nome excita) perguntou se eu não queria fazer as mãos. Aí seria demais para a minha virilidade.

Mas agora morando numa ilha – e como ninguém me conhece –, resolvi fazer as unhas das mãos. Mas sem pintar. Coisa simples, rápida. Sabe que ficou legal? Me senti meio viado só uns dez minutos. Jurei que seria aquela a única vez. Mas elas estão crescendo e eu estou titubeando.

Tudo culpa dos macacos.

Em compensação, o meu cóccix ninguém tasca. Um negócio que também se chama sobrecu é para ser tratado com um certo respeito. Os macacos que me perdoem. Sou um *homo sapiens*.

Afinal, a mesma língua que nos chama de *homo sapiens* sentencia:

– *Homo est animal bipes ratiomale.*

Ou seja, o homem é um animal bípede dotado de razão.

Ou ainda:

– *Te hominem esse memento!*

– Lembra-te que és homem!

Jeans Lycra, da Lúcia Carvalho

"Não sei se devia, mas vou contar uma história. Preciso dividir isso com alguém. Um tipo de desabafo.

Olha só. Era cedinho, cedinho. Acordei, tomei um banho e fui me vestir. O Zé ainda dormia, eu não podia fazer barulho. Escolher uma roupa sempre demora um pouco, é difícil lembrar tudo o que a gente vai fazer naquele dia.

Uma calça e um casaco. Pronto.

A calça era *jeans*, mais normal impossível. Uma calça meio velha, com uns três anos. Três anos, note bem: esse dado é importantíssimo para a compreensão do desenrolar da questão.

Bem, coloquei a minha perna direita numa das pernas da calça. Alguma coisa estava estranha, mas ignorei. Porém, quando coloquei a perna esquerda e levantei a calça, não tive mais dúvida.

Que calça era aquela, caramba?

Apertaaada. Nossa.

O negócio é que a calça não entrava de jeito nenhum. As pernas estavam mais justas que *lycra*. Grudadas. E aquela parte onde fica o botão e o zíper, aquela parte da frente, que se divide em dois e que se deve juntar no fechamento, estava separada em dois hemisférios. Olha. Alguma coisa muito maior que aquela calça foi colocada dentro dela para ela se comportar daquela maneira. Coisa esquisita.

Essa coisa muito grande, sem dúvida alguma, era eu mesma.

Nessa fração de segundo, só sendo mulher para entender o que se passa. A mente pára e imediatamente surge um *flashback* de toda a sua vida, como se você fosse um balão inflável, que engorda, emagrece, engorda, emagrece. O mais interessante é que as cenas felizes estão sempre ligadas ao balão menor, e as infelizes, ao maior. O inflado. O gorduchão.

É um momento de pânico. A impressão que se tem é de que aquela coisa muito grande dentro da tua calça não vai mais parar de crescer nunca, e que teu manequim vai aumentar, num crescendo sem fim. Ah, como é desesperador a gente engordar.

Meu primeiro impulso foi jogar aquela calça no lixo e colocar outra. Que roupa a gente colocaria numa... baleia? Naquele momento, se eu encontrasse uma bata indiana tamanho GG, um saco de estopa ou um tapete de sisal e eles ficassem folgados em mim, ah, eu vestia na hora.

Suspirei baixinho, para não acordar o Zé. Ô tristeza.

Também não precisava exagerar, o problema era só fechar o zíper, oras. E isso era simples: como já fui adolescente, sou mulher, tenho irmã e amigas, sei como fazer. Existe um método para resolver esse impasse, mas é bem radical. Meninas, me desculpem, mas eu vou contar aqui esse nosso segredo.

Deitar.

É, deitar. Você se deita, levanta bem o quadril, que: zupt. A calça fecha, rapidinho. Sei lá para onde vai a banha quando a gente se deita, pensando bem, só sei que isso resolve. Esse método limítrofe só pode ser adotado quando a gente está nas últimas. Porque (quem já fez isso sabe) depois de fechar o zíper e o botão, deitada numa superfície qualquer, levantamos desorientadas. Temos que andar feito soldadinho de chumbo, não podemos espirrar, nem tossir sob risco de explosão, e sentar, só depois de horas, quando a calça "lacear". Senão acho que rasgamos o estômago, o intestino e tudo mais que tiver lá dentro.

Assim, inconformada, deitei na cama, pensando como aquilo podia ter acontecido. Tudo no maior silêncio para não acordar o Zé. Imagina o vexame se ele me pega no flagra naquela pose ridícula.

Gente, se arrependimento matasse.

Deitei.

Fechei.

Levantei.

Ah. Não dava. Estava muuuito apertada. Comecei inclusive a ficar aflita, pois eu estava sufocada, sem ar nenhum. Era melhor desistir.

Além de agoniada e humilhada, percebi uma coisa pior. Desistir significava tirar a calça dali, e quem disse que eu conseguia tirar aquele troço do meu corpo? A coisa ficou tão apertada, mas tão apertada em mim, que grudou. Comecei então a pular, a girar feito pião, a bater no *jeans*, numa dança vexaminosa, para tentar arrancar aquela sanguessuga. No desespero, rodopiava, emitindo estranhos sons guturais.

Que mais podia fazer? Deitar de novo não adiantava, o método não funciona ao contrário. Pensei em cortar a calça, mas aquilo estava tão perto da minha pele que era impossível caber uma tesoura entre as duas coisas.

Assim fui, devagarzinho, respirando e tirando, fu, fu, fu, no mais completo silêncio, até a calça descer daquela zona de risco. Eu transbordava de suor quando acabei. A calça saiu, eu dei um esganido. O Zé acordou com o som da... descompressão.

– Opa... ei, tudo bem com você?

O que eu podia dizer? Claro que depois de passar por uma situação dessa a gente não está bem. Aliás, demora muito tempo para a gente ficar bem. Anos. Séééculos. Ou melhor, quiiilos.

Só sei que aquela calça *jeans* passou a ser minha inimiga mortal. Eu não vou dar para ninguém, e não vou jogar fora coisa nenhuma. Vou é esperar o dia da vingança. Deixa estar.

Bem, só concluo mais uma coisa: quem inventou o tal do *jeans lycra*, que estiiica, com certeza foi uma mulher. Assim, gorducha, como eu."

Dicionário

Mocozal

– Instrumento utilizado pelos presidiários para confeccionar cordas.

– Lugar onde se vêem altas paredes de rochas cheias de buracos, nos quais vivem mocós.

– Local promíscuo, cortiço.

– Tanque de processamento intermediário da geléia de mocotó, antes que a massa atinja o estado sólido.

– Plantação imaginária de geléia de mocotó.

– Cultura de fungos em ambiente anaeróbico.

– Ponto de confluência de arcos.

– Lugar de armazenamento de mudas de sapé.

Modelo e atriz

Ela não anda. Desfila. Não que queira, force. Ela é assim. Gazela, embora eu nunca tenha visto uma gazela de perto. Nem de longe. Existem gazelas no Brasil, além das modelos-e-atrizes? Suas pernas são longas, mas o passo é curto, já notou?

Estou a notar agora. Impossível não seguir com o rabo (e o resto) do olho aquele deslizar matinal. O maiô é branco, como convém a ela.

Cavado, como convém a mim. O andar é calmo e ela sabe que olham. Sem o empurro do olhar, ela não seria modelo-e-atriz. Se ninguém a vê, pra quê, ao passar pela borda da piscina, colocou o pezinho lá dentro e se deu uma arrepiadinha? Nela e em mim. As gordinhas notaram.

Tem alguma coisa na cabeça dela, além da tiara preta. Tem alguma idéia rondando por ali. Percebe-se que ela está se preparando para alguma coisa. Há uma certa ansiedade nos seus gestos.

Do lado de cá da piscina, fico a pensar bobagens, tomando um aperitivo[11] sem álcool. Bobagens maravilhosas, é claro. O que será que se passa na cabeça dela? Claro que ela me viu. Somos poucos por aqui. Além da amiga dela, dentro da água.

Pega a toalha e chacoalha no ar. Estende na esteira de plástico branco. No estender, dobrou o corpo num ângulo reto. Mas não era nada reta a visão que eu tive aqui do outro lado. Do meu ponto de vista, parecia ser apenas um belíssimo par de pernas que se transformavam naquele glúteo em primeiro plano, em *close* e em cores: bronzeado com salpicos de gotas de água.

Sentou-se. Dobrou as pernas. Melhor, apenas uma, a direita. Um pão de açúcar, um supermercado de carnes e pele a céu aberto.

Ajeitou a mesinha ao lado. Um maço de cigarros, um Zippo, uma tônica com gelo e limão. E, claro, ele, o celular. Com as duas mãos alisou a toalha. Abriu a bolsa e tirou uma revista, feliz. A modelo-e-atriz vai ler.

---

11 Aperitivo: que ou o que desobstrui as vias digestivas e urinárias; que ou o que abre os poros; que ou o que se ingere geralmente antes de uma refeição, enquanto se espera que esta seja servida, e também para estimular o apetite etc. (diz-se de comida leve e/ou bebida, geralmente alcoólica); que ou o que excita, que ou o que estimula sentimentos, comportamentos mais relaxados, leves. Exemplo: os saraus eram, no início do século, o aperitivo dos boêmios.

Forço (ainda mais) a vista. Dá para ler contigo! Tem uma exclamação no título. *Contigo!* Como ela está feliz na sua leitura. Fica mais bonita, meio com jeito de criança comendo chocolate escondida.

Não folheia, não. Lê mesmo, leva a sério, dobra página a página. Deve estar lendo coisas maravilhosas. Sua boca diz isso em intrigante silêncio. Seus olhos correm as páginas como quem viaja pelo corpo do homem amado.

O celular já tocou cinco vezes. Fez caras e bocas para todos os que estavam do lado de lá. Ela não sai da personagem, mesmo que ninguém esteja olhando para ela. Mas ela sabe que eu estou olhando.

Portanto, ela está representando para mim. Só para mim. Já é alguma coisa. Sou uma platéia inteira. Privilegiada. E nem paguei ingresso.

Disfarço pegando o Saramago na mesinha. Mas a *Contigo!* deve estar muito melhor. Tem o parto daquela modelo-e-atriz cujo marido levou um tiro. Tem a separação daquele entrevistador famoso, tem fotos íntimas da casa daquela atriz que começou como modelo-e-atriz.

É isso: pra entrar na dela, tenho de entrar no mundo dela.

– Pra ficar com você, vou ler *Contigo!*

– Vai ler o quê, comigo?

Não vai ser por aí. Voltaria de cabeça baixa, me xingando de idiota, incompetente. O pior é que ela vai se demorar ali. Não virou nem cinco páginas, ainda. Aquilo vai longe. Agora, o tema é a criança esperança.

– Dá pra colaborar pelo celular?

– Dá!!!

Gritei de cá. Ela dignou-se a virar o rosto levemente, como se sentisse a minha presença só agora. E me olhou.

Eu não sabia que tipo de sorriso usar. Usei o amarelo. Ela abaixou suavemente o rosto a me agradecer e pegou o celular para colaborar.

E eu, eu fiquei olhando feito uma criança esperança, louco por um donativo. Mesmo que fosse pelo celular. Que dá, dá. Quem sabe no jantar.[12]

---

12 Jantar: comer por ocasião do jantar ou fazer a refeição noturna; levar vantagem sobre; superar, suplantar; uma das refeições diárias, geralmente aquela que é tomada no fim do dia; o conjunto de iguarias de que se compõe um jantar.

Fernando jabuticabando

O Fernando Morais já estava no sétimo dia de uma de suas temporadas aqui no spa (dizem que o sétimo dia num spa é como o sétimo ano de um casamento: se você conseguir superá-lo, vai longe). Da janela de seu chalé, num segundo andar, dava para ver, além do alto muro de concreto do terreno vizinho, uma verdadeira miragem: uma jabuticabeira vergada pelo peso das frutas – ali, quase ao alcance da mão, centenas, talvez milhares de jabuticabas negras, lustrosas, pareciam implorar que alguém as colhesse. Pareciam, não, imploravam!

Mas entre a intenção e o gesto havia o muro. E, além dele, o cachorro, um cérbero rotweiller que guardava a iguaria como quem cuida da própria mãe. Nos intervalos entre a gelatina das três horas e a fatia de uva das cinco, Fernando ficava ali na varanda, pensando numa única coisa: como fazer para superar o muro e o cachorro e poder cair de boca naquela maravilha da natureza.

Até que um dia – o sétimo, o dia fatal – apareceu um ser humano. Armado de um ancinho, o homem limpava o chão, pachorrentamente. De vez em quando, sem saber que era observado, parava o trabalho, ia até a árvore, corria a mão de cima a baixo num dos galhos e enchia a boca de apetitosas bolotas negras. Fernando não resistiu e pediu – implorou talvez seja o vocábulo mais adequado:

– Meu senhor, estou sem comer direito há vários dias. Não agüento mais. Será que daria para apanhar meia dúzia de jabuticabas para mim?

– Nem pensar. Se os doutores aí da clínica contam pro patrão, perco o emprego.

Foi então que surgiu a palavra mágica: propina. Fernando entrou no apartamento, esvaziou o saquinho plástico usado como *nécessaire* pelos pacientes, colocou lá no fundo uma nota de 50 reais e jogou o saco por cima do muro, anunciando ao homem:

– Enfia a mão, que aí no fundo tem um presente para o senhor.

Passados alguns minutos, o saco era jogado de volta, por sobre o muro, recheado com um quilo de jabuticabas.

Uma semana depois, graças à pequena corrupção, Fernando deixava o spa apenas três quilos mais magro (a metade do pretendido), mas decididamente mais feliz, jabuticabado.

Piada da Internet

Certa vez, uma gordinha estava em frente ao espelho de um banheiro feminino, tentando se admirar. Para piorar ainda mais a sua falta de auto-estima, entra uma loira de olhos azuis, cintura[13] fina, vestindo uma justa calça de couro. Ela se olha no espelho, se admira, e arruma os cabelos, para o desespero da gordinha, que olha cheia de inveja para os esculturais dotes da moça. Então ela se encara no espelho e, toda cheia de si, sussurra:

– Obrigada, Diet Coke – e sai desfilando do banheiro.

A gordinha fica paralisada com o lápis borrando a boca, enquanto vê a loira saindo.

Então ela tenta se conformar, e se contentar com o que tem, quando, antes dela se recompor, entra uma maravilhosa morena ainda mais sensual do que a loira, com um corpo escultural e delicado, umbigo à mostra,

---

13 Cintura: estrutura óssea que reúne os membros ao tronco; a parte mediana e mais estreita do tronco humano situada entre os quadris e a região inferior do busto; a circunferência da cintura; parte de um vestido, saia, calça etc. que fica à altura da cintura e ger. ajustada à sua medida; a parte mais estreita de um objeto aproximadamente cilíndrico; aquilo que marca o contorno de uma área; cinto, cinturão.

saia justa e um olhar muito sedutor. Ao sair do banheiro, uma cena parecida. Ela olha fixamente para o espelho e convincentemente diz:

– Obrigada, Seven Day Diet – e se dirige para a porta.

A gordinha fica ainda mais arrasada e borra metade do rosto com batom.

Pelo visto, a tortura tinha acabado e, tirando alguns traumas e crises de existencialismo, não sobravam grandes prejuízos.

Quando, para a surpresa e contida admiração da nossa amiga gordinha, entra uma modelo maravilhosa de 1m80 de altura, cabelos ruivos, reluzentes olhos azuis e pele clara. Com ar de superioridade, ela pára alguns minutos em frente ao espelho e incansavelmente se admira. A gordinha estava quase explodindo de raiva, quando a modelo termina de se arrumar, chega bem perto dela e, olhando para o seu bolso traseiro, diz, com voz lânguida:

– Obrigada, Diet Shake – e sai lentamente do banheiro.

Nisso, a gordinha, farta de toda aquela humilhação, rapidamente termina de se pintar, olha para o espelho e diz:

– Vá se foder, McDonalds!...

Grávida

– Esta minha barriga tem as suas vantagens – disse a jovem gordinha. – Não pego fila nunca! Sempre no caixa de grávidas. E, em ônibus, sempre alguém me oferece o lugar. Santa Barriga!

Marcão, filósofo da obesidade

A primeira vez que eu vi o Marcão no spa, ele estava deitado na cama dentro de uma suíte. Ele não se levantava. Tinha mais de 200 quilos. Agora, bem mais magrinho (perdeu já uns 40), anda pelo bosque, digamos, filosofando.

Marcão é representante da Antárctica na região de Itapecerica da Serra. Além da cerveja, exímio conhecedor dos prazeres da carne. De vaca, leitoa, frango, o que vier, ele traça.

No primeiro dia em que o ouvi, ele estava descrevendo um risoto que viu no programa da Braga pela televisão, satisfação esta que não perde por nada nesse mundo.

A gente estava falando de beber e ele logo filosofou, convicto:

– Não adianta fazer planos para não beber. O problema da bebida[14] é que a oferta é maior que a procura.

Nem meu querido Millôr diria melhor.

---

14 Bebida: qualquer líquido bebível (vinho, cerveja, refrigerante, refresco etc.); qualquer líquido alcoólico próprio para se beber. Regionalismo: (Portugal) linguagem de delinqüentes: bofetada violenta.

Receita para amar-se uma gordinha

J.P. Veiga, para a Tuca

Para se amar uma gordinha, antes de mais nada
Faz-se necessário achá-la!
Não, não se acham gordinhas por aí!
Gordinhas são como um vinho muito raro,
Fruto de uma colheita precisa,
No tempo certo,
Da uva perfeita,
Da maturação exata.
Procure, converse com quem sabe,
Peça ajuda a quem tem!
E com toda a calma, achando uma,
Com o coração na mão,
Declare-se apaixonadamente!
Uma vez resolvido este problema,
Trate de aprender algumas coisas:
A diferença entre a sacarose e a sacarina,
Entre um almoço e um lanchinho,
Mas, principalmente,

Aprenda a diferenciar,
O "amor, vamos comer uma coisinha!"
Do "querido, vamos fazer uma boquinha!".
Procure não misturar,
O ato com o prato,
O teso com o peso,
O come com a fome,
E trate de viver feliz e em paz!

Dicionário

Sabongo

– Sabugo.

– Malandro, falastrão.

– Pé-de-moleque.

– Aloprado, desmiolado, miolo-mole.

– Chamusco.

– Friso, grampo.

– Flauta com cinco furos, proveniente do Congo.

– Tombo, queda.

Magbá

– Obscuro.

– Sacerdote de xangô, que se encarregava de manter vivo o seu culto na terra depois que se tornou orixá.

– Fruto da magbazeira.

– Echarpe de lã, usada pelos beduínos em andanças nos desertos.

– Iguaria à base de noz-moscada.

– Espécie de solidéu usado na igreja copta nas cerimônias do advento para simbolizar a autoridade do patriarca.

– Intolerância religiosa.

– Vaso indígena artesanal.

Luizinho

E me encontrei de novo com o seu Luizinho. Luizinho é modo de dizer, pois ele beira os 100 quilos. Empresário em Porto Alegre, sujeito alegre, divertido, grande contador de piadas de gaúchos. Pelo menos duas vezes por ano, ele aporta seus quilos por aqui. E, na beira da piscina, me contava a sua história:

– Sabia que eu engordo para vir para cá? Isto aqui é o meu paraíso. Quando saio, uns dez quilos mais magro, já começo a comer coxinha na primeira padaria. Quero engordar para voltar. Aqui, fico longe dos negócios, da família, do trânsito. Da vida, enfim. Da minha mulher, principalmente. Começo a engordar e a minha mulher ameaça me mandar para o spa. Nunca mais!, eu digo. Spa, não! Mas ela vai insistindo, insistindo, chego quase a brigar com ela. Aí eu venho. Fica todo mundo feliz. Ela, eu, meus empregados.

Mexericando

O que eu percebo aqui é que as pessoas não passam fome,[15] apesar das baixas calorias. O sofrimento não é pela fome, mas pela saudade de certas comidas e certas bebidas. As pessoas sonham com pratos e copos. Mas fome, não passam. Mas há exceções. Uma delas foi o Júnior.

O Júnior sofria, passava fome mesmo. Ou, pelo menos, sentia que passava fome. Várias vezes vi a psicóloga andando com ele para cima e para baixo, tentando acalmar a sua cabeça e o seu estômago.

Talvez ele sofresse mais porque da varanda do seu apartamento podia ver uma frondosíssima mexeriqueira do outro lado do muro, num terreno baldio. Mas o muro era alto, e o Júnior, baixo e gordo. Muito gordo. Impossível escalar a fome por ali.

Mas eis que chega para companheiro de quarto o seu Aníbal, fazendeiro de Goiás. Bastaram dois dias de

---

15 Fome: sensação que traduz desejo de comer; carência alimentar, subalimentação; escassez, míngua de víveres; miséria; necessidade ou desejo intenso de adquirir algo; sofreguidão, avidez, ambição; apetite sexual; desejo carnal.

amizade e o Júnior convenceu o homem a pular o muro e pegar as mexericas para ele. Foi tudo feito de madrugada. Enquanto o Júnior chamava a atenção do guarda noturno lá no outro lado do spa, aquele sério senhor, já avô, pulava o muro. Mas fazia aquilo com uma condição: iria trazer só duas mexericas. Tá pra mais de bom, teria dito o Júnior. Por incrível que pareça, deu tudo certo.

No dia seguinte, estávamos todos fazendo hidroginástica, quando chega o Júnior com uma cara ótima e um cheiro absurdo de mexerica exalando por todos os dedos, poros e boca. Foi ele chegar e todo mundo apontou o dedo e gritou:

– Júnior, você comeu mexerica!!!

Ele entrou rápido na água, com sorriso matreiro e rezando para a menina da ginástica[16] não entregá-lo aos homens do poder das restritas calorias. Foi a Mônica quem o chamou para o fundo da piscina e orientou:

– Júnior, é o seguinte: comer mexerica aqui dentro é muita bandeira. Você tem que tomar certos cuidados. Tem que ligar a ducha do chuveiro no máximo e entrar lá debaixo com a mexerica. Descasca ela debaixo do jato,

---

16 Ginástica: técnica ou arte que, por meio de exercícios especializados, visa fortificar e/ou dar maior elasticidade ao corpo; conjunto de movimentos que uma pessoa faz ao praticar esta técnica ou arte; aula ou sessão desses exercícios; esforço excessivo (intelectual, físico ou moral) para se atingir determinado fim.

enfia a casca pelo ralo, chupa tudo lá debaixo, some com os caroços. Depois toma um banho de meia hora com muito sabonete e, se possível, sais. Depois se perfuma muito. Se não, não dá, cara!

Hora do jantar, o restaurante lotado, entra o Júnior com cara de beatitude. Um forte, fortíssimo cheiro de perfume invade o ambiente. Todo mundo se vira para ele, aponta o dedo e grita:

– Júnior, você comeu mexerica!!!

Dicionário

Sarapilheira

– Forno para cozimento de pães italianos.

– Abatida, cansada, sem nenhum alento.

– Solo saturado de vinhedos em decomposição.

– Designação comum às pequenas raízes que surgem à flor da terra.

– Animal metozoário com bico comprido, delgado.

– De constituição frágil.

– Forças da natureza, forma orgânica.

– Obstáculo.

Mogorim

– Instrumento de corda mexicano.

– Instrumento de sopro árabe.

– Espécie de rosa branca, muito aromática.

– Habitante da ilha Mogori, que integra o arquipélago da Mongólia.

– Mesa feita de mármore, em indo-europeu.

– Grampo de fixação da ferradura usada em eqüinos.

– Espécie de manga.

– Tipo de tecido proveniente da Pérsia e usado na confecção de estolas dos paxás.

Estresse, para mim, é piada

Foi quando eu resolvi voltar ao spa. Há dias que o estresse[17] vinha batendo. A ponto de ser necessário procurar o velho Aurélio. Sim, porque a palavra é nova. Há uns anos, não sei se era a palavra ou o estresse que não existiam. Acho que primeiro inventaram a palavra. Aí estressou todo mundo. Com o colesterol foi a mesma coisa. Criou-se o mito, depois que se proibiu a gordurinha. Aliás, há alguns anos ninguém relacionava o estômago com a cabeça. Aí pintou a palavra psicossomático e todo mundo passou a ter explicações para o que antes era a simples, corriqueira e velha dor de barriga.

Descobriram que a dor de barriga era mais em cima. "Conjunto de reações do organismo a agressões de ordem física, psíquica, infecciosa, e outras, capazes de perturbar-lhe a homeostase; estricção." Isso é o que está no Aurélio, sempre em dia com os bodes novos.

---

17 Estresse: estado gerado pela percepção de estímulos que provocam excitação emocional e, ao perturbarem a homeostasia, levam o organismo a disparar um processo de adaptação caracterizado pelo aumento da secreção de adrenalina, com várias conseqüências sistêmicas; stress.

Resumindo o que ele quis dizer: perturbaram a minha homeostase. Uma questão de estricção, sacou? E eu não iria aumentar o meu estresse indo atrás da homeostase. E jamais iria me estriccionar. Imagina, nessa idade.

Preferi procurar um psicanalista e contar a parte da minha vida mais recente e ele achou perfeitamente normal o meu estresse, mas não podia me recomendar repouso absoluto. Um spa podia me ajudar, me tranqüilizou num final de tarde da semana passada. Eu precisava não voltar correndo para casa, eu precisava me afastar do trabalho. Esquecer o livro, as crônicas, os palpites alheios, os *chats*. Eu precisava relaxar, me orientava o jovem psicanalista que, na verdade, é meu vizinho, além de titular de psiquiatria da Federal.

– Por exemplo – me disse ele –, aqui embaixo, no prédio mesmo, no subsolo, tem um barzinho maneiro. Um piano-bar. Tem lá agora um *happy hour* bonzinho. Pouca gente, sossegado. Você desce, fica ouvindo um pianinho, depois vai pra casa, cuidar da vida. Um pianinho bem piano piano.

– E você acha que se eu ouvir uma hora de pianinho piano piano, eu vou ficar numa boa, esquecer tudo, desestressar?

– Não, não é só ir lá e ouvir. Precisa ter um certo método. Precisa procurar o relaxamento, o distanciamento do mundo lá de fora. Lá dentro não se ouvem nem as buzinas da rua. Só o piano. Quando eu fico muito estressado com os estresses dos outros, vou lá. Saio de lá outro.

– Método? Método para relaxar, cara?

– Você entra e vai até o balcão. O bar tem um belo balcão. Pede um martíni seco.

– Martíni seco. E daí?

– E daí que não vá virar a taça de uma vez. Ameace fazer isso, mas não faça. Controle a sua ansiedade. Apenas passe o lábio pelas bordas. Pegue o palitinho da azeitona, fique girando ele pra lá e pra cá. Se começar a ficar ansioso, leve a azeitona até a boca. Mas ainda não dê nenhuma mordidinha. Domine a situação. Vá com calma. Lamba gostoso. De um lado, depois do outro lado. No galhinho.

Desci, entrei. Realmente um pianinho pianíssimo lá no canto. O bar vazio.

Sete da noite. Fui ao balcão, pedi o martíni seco. O garçom trouxe. Confesso que quase virei num gole só. Mas, não, eu não podia ter pressa. Já ia levando a mão, recuei. Deixei a tacinha lá, ela que tinha que ficar estressada. Ela que me suplicasse.

Foi quando eu vi o macaquinho. Um macaquinho, pequeno, de verdade, lá na ponta do balcão. Me olhando. Fiquei firme. Não iria me estressar por causa de um macaquinho na ponta do balcão.

Mas o danado do macaquinho veio andando lentamente para o meu lado, quase ao ritmo do bolero do pianista. Velhinho o pianista, como o som que tentava me relaxar.

O macaquinho veio andando, parou em cima da minha taça de martíni, uma perna de cada lado, agachou-se, colocou o saco lá dentro, levantou-se e foi embora.

Eu não podia me estressar. Eu estava ali para relaxar. Mas aquilo começou a me subir à cabeça. Não tinha ninguém por perto para comentar a situação. Só o velhinho tocando o piano. Eu precisava falar com alguém.

Segurando uma explosão interna, fui até o velhinho, tentando manter a compostura. Calmamente coloquei a mão no seu ombro e disse:

– Um macaquinho colocou o saco dentro do meu martíni!

O velhinho parou a melodia, olhou nos meus olhos, aproximou a orelha e disse:

– Assovia o comecinho pra ver se eu lembro da melodia...

Amor de mãe

Paulinho, 14 anos, estava passando as férias no spa. Um mês e havia emagrecido apenas cinco quilos, dos cento e tantos com que entrara.

Sua mãe ia visitá-lo todos os domingos. Chamou os diretores do spa para reclamar. Era muito investimento para apenas cinco quilos. Ameaçou levar o garoto embora. Que o spa tomasse alguma providência!

Finalzinho do dia, já escuro, pela janela da diretoria, dois médicos viram o Paulinho se despedindo da mãe no estacionamento e depois descendo para o seu quarto, triste e cabisbaixo.

O carro foi passando pelas alamedas. De repente os médicos viram, meio de longe, a mãe sair do carro, depois voltar e ir embora de vez. Ficaram encucados e foram lá onde a reclamante senhora dera uma paradinha. Atrás de uma frondosa árvore, um pacote. Dentro do pacote, cinco BigMacs para o filho pegar na calada da noite.

Isso se chama amor de mãe (de gordo).

O uísque do ministro

Não, o ministro não era alcoólatra. Mas gostava de tomar seu uisquinho no final do expediente. E já estava ali pra mais de uma semana. A seco, como os ares de Brasília. Foi quando uma emissora de televisão pediu uma entrevista, para entrar ao vivo no jornal local da noite. Depois de muito insistirem, o ministro topou.

Deu a entrevista – ao vivo – ali pelas sete da noite, refestelado na piscina. Lá em cima, na sala de televisão, todos nós assistíamos a ele falar das maravilhas do spa e do futuro da economia brasileira. Durou uns três minutos.

Terminada a entrevista – ele me contaria depois –, o repórter quis aproveitar o personagem e propôs uma outra entrevista maior, de meia hora, gravada, para o programa x, de âmbito nacional. O nosso ministro, que havia relutado muito para dar aquela ao vivo, alegando a privacidade de sua presença no local, categoricamente não concordou. E já foi tirando o microfone da camisa.

– Não era isso o combinado. Havíamos acordado (palavra usada por ele) em uma entrada ao vivo. Para fazer uma outra entrevista, eu cobro.

O jovem repórter ficou meio sem jeito. Afinal, estava diante de um ministro cobrando para dar uma entrevista. Sem saber se ligava para a emissora ou não, resolveu perguntar.

– Quanto, ministro?

Nem titubeou:

– Uma garrafinha de uísque! Ou duas, aí eu falo mais. Daquelas pequenininhas. Pode até ser Old Eight.

– Mas como é que eu vou entrar com uma garrafinha aqui dentro, se tem revista na portaria?

O ministro já tinha o seu plano.

– Diga aos homens do spa que acabou a bateria da câmera e que um carro vai buscar outra na emissora. Enfia a garrafinha no lugar da bateria. Pode ter certeza de que cabe direitinho.

Naquela noite, tomei uísque com o ministro.

Molho de rúcula e azeitona

2 xícaras de tomate picado, sem sementes
1 xícara de azeitonas pretas, sem caroço e cortadas em rodelas
3 colheres (sopa) de óleo de canola
1 colher (sopa) de casca de limão ralada
1 dente de alho picado
1/2 colher (chá) de pimenta-do-reino
2/3 de xícara (120g) de ricota esfarelada.
2 xícaras de folhas de rúcula rasgadas

Numa caçarola de dois litros, combine os ingredientes, com exceção da ricota e da rúcula. Cozinhe em potência alta por quatro ou cinco minutos ou até aquecer muito bem, mexendo uma vez. Acrescente a ricota e a rúcula. Misture bem. Sirva com macarrão.

Cada porção: 184kcal.

É preciso aprender a chorar

"Quero chorar/não tenho lágrimas/que me rolem na face/pra me socorrer".

Verso brasileiro, lá pelos 50, internacionalmente imortalizado pelo Nat King Cole.

– Homem não chora!

Sou de uma geração criada assim. Chorar é coisa de gente fraca, de mulher.

Nunca chorei. Quer dizer, chorar choro e, às vezes, até demais da conta. Mas choro os outros, pelos outros. Não choro eu. Choro na morte dos amigos e até desconhecidos (Lennon e Lady Di, por exemplo). Mas não me choro. Não me recordo de chorar uma grande dor de corno, nem de cotovelo. Não chorei quando perdi mulheres, nem quando achei.

Choro em filmes, em livros e até em alguns comerciais. Choro ao ver a pobreza brasileira, chorei no diretas-já, choro com as crianças da rua, com os sem-terra, com as injustiças sociais, choro com a distribuição de renda dos brasileiros. Mas não choro eu. Não tenho lágrimas que me rolem na face para desabafar.

Outro dia, vi uma moça chorar aqui no spa.[18] Publicamente. Uma moça linda. Chegou ao restaurante com um gordinho, estavam rindo felizes. Riam. Gente bonita. Restaurante vazio ainda, nem seis e meia. Eles numa mesa e eu em outra. Adoro observar pessoas e ficar imaginando o que fazem, o que são, os nomes, essas coisas. Idiossincrasias de escritor.

Percebi que ela não estava chorando ninguém. De repente, deu cinco minutos nela, e ela começou a chorar. Convulsivamente, aos soluços. Guardanapo no rosto, amigo alisando o cabelo dela. Ele dizia alguma coisa engraçada, ela ria sem jeito e voltava a chorar. Ela estava desabafando alguma coisa lá dentro dela. Que bonito. Foi lindo ver aquela menina chorando. Deu vontade de ir lá e sapecar um beijo na face molhada dela.

Mas homem não chora. Por quê, meu Deus, que a gente não pode chorar? Sempre quis chorar um grande amor perdido (e foram tantos), mas nada. Chegava a me esforçar, mas lá vinham os ferrenhos salesianos. Você

---

18 Spa: estância hidromineral; hotel ou local elegante de veraneio; hotel ou estabelecimento, geralmente localizado fora das cidades, que oferece tratamentos de saúde e/ou beleza, emagrecimento, alimentação controlada e natural, ginástica, massagens, sauna, banhos a vapor etc.; estabelecimento comercial com instalações para exercícios físicos e banhos de piscina, termas e/ou sauna.

só vai chorar realmente no dia do Juízo Final, quando se encontrar com Deus.

Choro até de pena, mas não choro eu. Choro de rir, também, que ninguém é de ferro.

Quando eu me imaginei escrevendo essa crônica, achei que ia chorar. Até aqui, nada. Não tem jeito. Homem não chora, gritava o meu pai, enquanto me dava uns merecidos tabefes. E ai de mim se chorasse. Piorava, e muito, a situação.

Agora você que me leu até aqui e ainda não chorou (apenas riu dessas besteiras) irá me perguntar: mas esse cara está a fim de chorar, por quê? Se você não sabe a resposta, é porque também passou a vida a chorar os outros. Você também nunca chorou você.

Não sei se deve ser bom chorar a gente mesmo, mas aquela menina lá no restaurante me comoveu, me deu a certeza de que, mais dias, menos dias, eu vou chorar eu. E me chorando, vou entender muito mais o mundo, as pessoas e, nomeadamente, eu mesmo.

Desculpe o assunto, mas eu precisava desabafar. Mesmo sem nenhuma lágrima a me rolar a face. Valeu.

Lady Di

Ele é baiano e vereador de uma cidadezinha da Grande Salvador. Antes mesmo de chegar, já era folclórico, pois correu a fofoca (num spa tudo se sabe) de que ia chegar um político baiano com pseudônimo, incógnito.

Foi assim que vimos chegar o senhor José Beleza (nome falso), mas que se deixava chamar por Zé Beleza. E logo todo mundo percebeu por que ele está incógnito. Tinha trazido a sua secretária e amante. Não sei qual dos dois era mais feio, mais desengonçado. Eram duas pessoas que não tinham nada, absolutamente nada a ver com o resto da fauna e da flora daqui. A baixinha era péssima. Mas o Zé Beleza a achava a maior maravilha do mundo e era ciumento. Muito ciumento. Ela não podia conversar com ninguém, nem fazer nenhuma atividade. Praticamente só era vista na hora das refeições. Já Zé Beleza circulava o dia inteiro olhando para todos os bumbuns e seios presentes.

Foi na terceira noite que aconteceu. A moça – Mardilena – apareceu para jantar completamente mudada visualmente. Acredite quem quiser, mas ela foi à estética e se transformou (pelo menos tentou) em Lady Di. O cabelo idêntico na cor e no corte. Tá certo que o resto não ajudava, mas que lembrava a princesa, eu não posso negar.

– Ele gosta –, ela confidenciou para a colega de mesa.

Foi aí que ele entrou. De príncipe Charles! Com saiote e tudo. O interessante é que ele não estava fazendo aquilo de gozação. Era pra valer. O cara fez o plano lá na Bahia. Vou para o sul incógnito, de príncipe, e vou comer a Lady Di.

Acho que eu estou ficando louco. Ou mentiroso.

Diletantismo de Luiz Tatit

O ano que vem
Eu passo minhas férias com você, gordinha
Só não diga que dançou nossa amizade
Isso não dança, isso não é tango
Pra dançar sem mais nem menos
Gordinha

Faço tudo pra poder
Ficar mais perto de você, gordinha
E isso é natural em mim
Poderia ser forçado
Mas não é o caso, você sabe
Mas você sabe mesmo?
Então diga
É difícil eu ficar seguro
Você faz cara de quem duvida
E eu juro
Essa certeza é tudo pra que eu possa amar
Gordinha
Bom, um pouco é exagero

A sua dúvida não é tão cruel assim
mas poderia ser, você há de convir
E ainda que eu faça tudo por diletantismo
Uma ponta de maldade fica, gordinha
E isso corta o coração
Por isso eu te falei das férias, lembra?
Pra tentar uma reconciliação

Dicionário

Siderismo

– *Figura de linguagem arcaica, utilizada por escritores portugueses no século XVIII.*
– *Adoração dos astros.*
– *Vontade de comer incontrolável.*
– *Pequena ruptura em cabos de aço.*
– *Doutrina pagã, segundo a qual os demônios e anjos se complementam.*
– *Fixação no infinito usada na astronomia para indicar o zênite.*
– *Pedantismo, arrogância.*
– *Simetria astral raramente registrada pela astronomia.*

Galanga

– *Pequena jangada artesanal.*
– *Planta medicinal e comestível da família das zingiberáceas.*
– *Parte central do ovo fecundado.*
– *Pequena peça de couro do arreio.*
– *Pigmento obtido através da extração vegetal; tinta.*
– *Mestre de capoeira.*
– *Embarcação primitiva.*
– *Rádio de ondas curtas.*

As mangas

A dona Zuleika tem, no mínimo, 75 anos. Não é dada a contar idade, nem vantagem. O que eu sei é que ela gosta de piada picante. O termo "piada picante" é dela mesma. Ela é a prova definitiva de que a sexualidade não diminui com a idade; aumenta. Mas a história da dona Zuleika não é sobre sexo. É que ela foi pega em flagrante delito com umas mangas.

De manhã a notícia correu pelo spa. Havia acontecido alguma coisa de madrugada com a dona Zuleika. Não se falava noutra coisa no café da manhã. Até que ela chegou e ficou assustada pelo fato de todo mundo já saber o que tinha acontecido. Era a primeira vez que ela ia a um spa e não tinha ainda noção da velocidade com que as calóricas fofocas circulam. E ela deu a sua versão dos fatos.

Desde que chegou ao spa, ela estava de olho na mangueira. E, realmente, aquela mangueira era um desafio. Como toda mangueira que se preza, cheia de mangas. Maduras! E a dona Zuleika de olho. E pensava: o dia que der um vento muito forte, tudo isso vem abaixo.

E foi naquela madrugada que caiu uma chuva torrencial na cidade. Coisa feia mesmo. O vento assoviava. E a dona Zuleika, no seu quarto, pensava: as mangas estão caindo. Segundo informações dela mesma, deviam ser quatro horas da manhã quando saiu de camisola, debaixo de toda aquela água, em direção à mangueira. Ela tinha razão: o chão estava cheio de mangas. Ela começou a colher as frutas e colocar na camisola arregaçada. E foi assim, toda encharcada, com as finas pernas de fora que ela foi pega pelo guarda da noite:

– Mas até a senhora, dona Zuleika? Nessa idade?

A chuva caindo, os cabelos escorrendo pelo seu rosto, a água mostrando todos os contornos do seu corpo, ela envergonhada. Agora é ela quem narra:

– Aí eu disse para o guarda: O senhor não tem mãe, não? Ele abaixou a cabeça. O senhor vai tirar essas mangas de uma bisavó? Vamos negociar. E negociamos. Prometi que não levava nenhuma para o quarto, mas uma, pelo menos uma, ele ia me deixar chupar ali debaixo da chuva. O cara foi legal. Me deixou chupar duas, enquanto ele chupou umas quatro. Depois me acompanhou até o quarto, como se polícia fosse. Mas, pelo amor de Deus, não contem para ninguém que ele pode se dar mal.

E espirrava, a dona Zuleika. Espirrava e, com um palito, ia tirando fiapos de mangas da sua reluzente dentadura.

Castanho[19]

Gordinhos, gordinhas, estressados e estressadas, quando se dirigem ao spa São Pedro em Sorocaba, sempre dão uma paradinha no Tigrão. Tigrão é um posto de gasolina, do lado direito de quem vai. Restaurante farto, bebidas visíveis, colesterol à vista e a prazo. É ali que eles e elas entram e se enchem, prevendo as futuras 300 calorias, as cetoses e as boboses que se avizinham. É ali que elas e eles se reabastecem, enchem o tanque e pedem perdão a São Pedro.

Foi ali que o fato se deu.

Ela, além de viciada em comida, era viciada em spa. Lá ia ela, dia desses. Tigrão. Ela estava de licença no

---

19 O texto do Castanho foi roubado do meu livro *Minhas mulheres e meus homens*, aqui mesmo, da Objetiva.

spa. Depois de um mês, tivera dois dias em São Paulo. Estava voltando. Já havia emagrecido dez quilos. Já era bastante, pra quem precisava ainda perder uns 30.

Ela encheu a cara e a barriga[20] e ainda pegou uns Bis para matar nos quilômetros finais. Foi quando se dirigia para o caixa que ela ouviu. Ouviu nitidamente. O assovio. Aquele que os homens fazem quando passa uma mulher gostosa. Fiu-fiiiiu. Estática, seu olho girou 180 graus. Não havia dúvida. A coisa era com ela.

Aquilo foi uma injeção de cinco mil calorias no ego dela, no superego e até no alterego. Há quanto tempo ela não sentia aquela sensação de tesão subindo pelo seu corpo num frenesi? Vinte e cinco anos? Mais? Ficou ali, estática, parada no contrapé da felicidade. Tentou dar um passo e, de novo, o assovio. Ela precisava ver quem era, senão não tinha graça. Virou-se graciosamente, com o maior charme possível que a sua cinturinha permitia. Olhou em volta. Nada. Onde estava o galanteador?

Deu mais um passo. Fiu-fiiiiiu, de novo. Foi andando na direção de um macaco-boneco de uns 30 centímetros. Quanto mais ela se aproximava, mais o macaco

---

20 Barriga: abdome; proeminência externa do abdome; qualquer parte que sobressai; protuberância, saliência; notícia publicada por órgão de imprensa e posteriormente desmentida pelos fatos; abdômen, baixo-ventre, bandoga, bandouga, bandulho, bucho, búzara, búzera, pança, pandulho, panturra, ventre.

assoviava. Era o macaco seu amante já imaginário e com milhares de planos e sacanagens na cabeça.

Era isso. Um boneco. A primeira idéia foi pegar o macaco, arrancar a pilha dele, jogar no chão, pisar seus gordinhos pés em cima dele. Mas resolveu esquecer. Afinal, ninguém havia notado seus 15 segundos de fama. Cabeça e estima baixas, já estava no carro quando resolveu voltar. Comprou o macaco.

Na estrada, depois de dar o nome de Castanho ao macaco e ficar passando a mão na frente da boca dele para ouvir, ia feliz. A pilha era duracel, ia durar muito.

No spa, instalou o Castanho em cima da televisão, numa posição estrategicamente estimulante. Ia ao banheiro, o macaco Castanho assoviava. Voltava, fiu-fiiiiiu. Levantava, tava lá. Seu *cooper* dentro do quarto passou a ser todo dedicado ao Castanho. Já sabia a que distância tinha que se aproximar para provocar a libido do macaquinho.

De noite, quebrou a solidão com um maravilhoso *strip-tease* para ele. Só para ele. O Castanho não dizia nada, nem mexia os olhinhos, ouvindo *Summertime*. Só assoviava. Cada peça de sua roupa tirada era jogada na direção do bichinho. O bichinho não falhava. Ela foi se entusiasmando e, nua, fez coisas que não fazia há muito, mas muito tempo mesmo.

A notícia do macaco Castanho logo tomou conta do spa. Gordinhas (e até uma bicha gordinha) queriam comprar o levantador de baixa-estima. Pensou-se em aluguel, em rodízio, em consignação. Mas ela não abria mão. Chegaram a oferecer dois bagos de uvas e dois palitinhos de cenoura pelo uso e abuso do animal. Mas ela queria o danado só para ela.

Foi quando a psicóloga do spa conseguiu convencer nossa heroína – sabe-se lá como – de que o Castanho era fundamental para o spa. Que ela deveria dividir seu prazer com as colegas de polegadas a mais. Ela concordou, mas com uma condição. Tudo bem, mas só uma vez por semana e tinha que ser coletivo.

O dia escolhido foi domingo à noite. Ela colocou seu amado amante em cima do balcão do bar do restaurante e foi então que começou a orgia. Todas as gordinhas entravam – muito bem vestidas, algumas decotadíssimas – e iam pra frente do balcão.

Fellini morreu sem imaginar a cena. Calígula morreria de inveja. Uma a uma e depois duas a duas, três a três desfilavam seu corpo diante do Castanho, que parecia entender o coração de cada uma delas. E não negava fogo.

Depois de umas duas horas daquela desenfreada sacanagem, o assovio foi ficando fraco, fraco. A pilha está acabando! Minha ceia por uma pilha! Meu almoço[21] por uma pilha!, gritou uma. Dou cinco sobremesas por uma pilha! Mas era domingo de noite, não tinha pilha. Trinta gordinhas (e a bichinha), amontoadas e ajoelhadas, pediam para Castanho não parar, pelo amor de Deus.

Mas o macaco Castanho estava cansado. Não estava programado para tantas e boas meninas.

Mesmo assim o spa dormiu feliz sabendo que, no dia seguinte, ia ter mais pilha.

---

21 Almoço: a segunda refeição do dia, ou a primeira substancial depois do desjejum, feita geralmente por volta do meio-dia.

O ratinho

Deviam ser umas duas da tarde quando o fato se deu. Éramos umas 15 pessoas na sala de televisão vendo o *Vídeo Show*. De repente, uma das gordinhas gritou:

– Um rato!!!

O que se seguiu foi impressionante. Gordinhas e gordinhos que mal conseguiam erguer as pernas nos exercícios pulavam para cima das poltronas. E, como sempre acontece numa situação como essa, apareceram vassouras e paus. Os funcionários se armaram.

– Ele entrou ali debaixo!

Tira-se o móvel e surge, correndo de um lado para o outro, um ratinho que não devia ter nem três centímetros de comprimento.

– Mata! Mata! Mata!

E todo mundo com as armas nas mãos, correndo atrás do ratinho. Ele era rápido, muito rápido. Ia de um canto para o outro da sala como se voasse. Até que uma senhora – em pé –, vendo a zona toda, levantou os braços e pediu a palavra:

– Pessoal, é o seguinte. Vamos raciocinar com calma. Vocês viram o tamanho do ratinho? Pensem bem: esse ratinho deve viver aqui no spa. O que é que ele come? Sobra das nossas 300 calorias. Se é que alguém deixa sobrar alguma coisa. Ou seja, é um rato em dieta, um rato com cetose! Um rato que vem sofrendo, desde que nasceu, com a fome, com a pouca comida. Ou seja, este rato é um ser humano que sofre como nós. É dos nossos! E nós vamos matar esse companheiro de fome? Onde é que estamos com a cabeça? O rato deve viver.

A mulher foi ovacionada. O rato virou um herói. Ninguém matou o rato.

Quando um dos diretores do spa soube da história, com a mão na cabeça disse:

– Ah, se a vigilância sanitária fica sabendo que aqui tem rato fazendo dieta de 300 calorias...

Dicionário

Ivirapema

– Cipó usado na junção de pequenos feixes de gravetos.

– Comida podre.

– Queda de cabelo, por dermatite do couro cabeludo.

– Pau trançado.

– Vila de casas de madeira em forma circular que servem de moradia para colonos de fazendas de gado de corte.

– Pequena rede usada para pescar por populações ribeirinhas.

– Nébulo.

– Peneira indígena utilizada para separar grãos.

Respostas do dicionário

Galanga: planta medicinal (*alpinia officinarum*) da família das zingiberáceas.

Gravanzudo: diz-se de uma espécie de esparavão cuja forma lembra a da semente do gravanço.

Itirapema: pau trançado.

Lé: o menor dos três atabaques utilizados nos candomblés.

Libame: nos sacrifícios romanos, oferenda aos deuses.

Lúzio: olho.

Magbá: do iorubá, sacerdote de Xangô que se encarregava de manter vivo o seu culto na Terra, depois que se tornou orixá.

Mangulho: posto de observação situado em lugar elevado e formado de madeiras toscas.

Maracatiara: comandante de navio.

Mocozal: lugar onde se vêem altas paredes de rochas cheias de buracos, nos quais vivem mocós.

Mogorim: espécie de rosa branca, muito aromática.

Redrar: cavar as vinhas a fim de tirar as ervas.

Sabongo: pé-de-moleque.

Sarapilheira: designação comum às pequenas raízes que surgem à flor da terra.

Siderismo: adoração dos astros; sabeísmo.

Nota: Todas as definições de rodapé são do Dicionário Eletrônico Houaiss da Língua Portuguesa.

Todos os esforços foram envidados no sentido de
identificar as pessoas que aparecem nas fotos deste livro.
Se, porventura, ocorrer alguma omissão quanto a créditos,
os direitos encontram-se reservados aos seus titulares.
Gostaríamos de fazer um agradecimento especial àqueles que
nos cederam suas imagens e textos para a publicação desta obra.

Lenice Schunck Vessoni
Luiz Tatit
João Pedro Mariz da Veiga

Este livro foi impresso na
LIS GRÁFICA E EDITORA LTDA.
Rua Felício Antonio Alves, 370 – Jd. Triunfo – Bonsucesso
CEP 07175-450 – Guarulhos – SP – Fone: (011) 6436-1000
Fax.: (011) 6436-1538 – E-Mail: lisgraf@uninet.com.br